Peter Handke

Lucie im Wald mit den Dingsda

Eine Geschichte

Lucie dans la forêt avec les trucs-machins

Une histoire

*Traduit de l'allemand
par Georges-Arthur Goldschmidt*
INÉDIT

Gallimard

Picture yourself in a boat on a river...

JOHN LENNON

... ein Herz, das zugleich ein Tropfen ist, eine Welt, eine Perle, ein Ozean, ein Sklave und ein König...

DSCHALÂL UD-DÎN RÛMÎ

Picture yourself in a boat on a river…

JOHN LENNON

… un cœur, qui est en même temps
une goutte, un monde, une perle, un
océan, un esclave et un roi…

DCHALÂL UD-DÎN RÛMÎ

Lucie hieß in Wirklichkeit anders. Aber sie wollte nicht so heißen, wie sie wirklich hieß. Sie wollte Theodora, Aurora, Renata, Jelena oder auch nur zum Beispiel Lucie heißen. Und so heißt sie in dieser Geschichte jetzt Lucie.

Lucie war in Wirklichkeit erst sieben Jahre alt. Aber für die Geschichte, die sie erlebte, sollte sie schon um einiges älter sein. Und so hatte sie am Anfang dieser Geschichte gerade ihren zehnten Geburtstag gefeiert.

Lucie hatte in Wirklichkeit braune Haare und graue Augen. Aber sie wäre lieber schwarzhaarig und grünäugig gewesen. Und so — und so — und so weiter in dieser Geschichte.

Lucie lebte also in einem der kleinen Vororte einer riesigen Hauptstadt; wohnte zusammen mit ihren Eltern also in einem kleinen Haus mit großem Garten.

Lucie, en réalité, s'appelait autrement. Mais elle ne voulait pas s'appeler comme elle s'appelait vraiment. Elle aurait voulu s'appeler Theodora, Aurora, Renata, Jelena ou simplement par exemple Lucie. Aussi s'appelle-t-elle maintenant Lucie dans cette histoire.

Lucie n'avait en réalité que sept ans. Mais pour l'histoire qui lui arrivait, il fallait qu'elle soit un peu plus vieille. Et, au début de cette histoire, elle venait de fêter son dixième anniversaire.

Lucie avait des cheveux bruns, en réalité, et des yeux gris. Mais elle aurait préféré avoir des cheveux noirs et les yeux verts, et aussi, et aussi, et ainsi de suite, tout au long de cette histoire.

Lucie vivait donc dans l'une des banlieues d'une gigantesque capitale, faites de tours d'habitation ; elle habitait avec ses parents dans une petite maison avec un grand jardin.

Der Garten ging hinten ohne Mauer oder Zaun, mit kaum einer schütteren Hecke, über in einen über mindestens sieben Hügel sich ziehenden Wald. Der Vorort lag auf einem Abhang, Lucies Haus stand da zuoberst, und sie hatte dort vornehinaus einen freien Ausblick auf die Hauptstadt tief unten in der Flußebene. Versteht sich, daß diese Hauptstadt sich zum Meeresufer zog und daß der Fluß im hintersten Häuserhintergrund also in den Ozean mündete.

In der Schule einmal gefragt, was ihr Vater von Beruf sei, hatte Lucie geantwortet : »Gärtner«. Lucies Vater war also Gärtner, und die Mutter also Polizistin — ja sogar Chef der Kriminalpolizei, in einem der fast nur aus Hochhäusern bestehenden Nachbarvororte.

Lucie bewunderte ihre Mutter — nicht nur, weil diese beim Türenschließen, im Haus oder sonstwo, nie, nicht im leisesten, je eine Klinke drückte. Lucie fand ihre Mutter schön — und nicht nur, weil diese, selbst im Haus und Garten, oft in ihrer Polizeiuniform wirkte. Lucie liebte ihre schöne, bewunderte Mutter — nicht nur, weil sie sich von deren breiten Schultern von klein auf so wohlbeschützt fühlte.

Ihr Vater dagegen konnte Lucie eher nur leidtun. Er hatte ständig schmutzige Fingernägel, mochte er sich diese auch bürsten, soviel er wollte. Er war da, im Haus und Garten, und wirkte doch fast nie so recht da.

Le jardin, sans mur ni clôture avec à peine une haie clairsemée, devenait la forêt qui s'étendait sur au moins sept collines. La localité se trouvait sur une pente et la maison de Lucie était tout en haut et elle avait de là vue libre sur la capitale, loin en bas dans la plaine fluviale. Cette capitale s'étendait jusqu'au rivage de la mer et le fleuve à l'arrière-plan de maisons le plus lointain se jetait dans l'océan, cela va de soi.

À l'école, comme on lui demandait un jour quelle était la profession de son père, elle avait répondu «jardinier». Donc le père de Lucie était jardinier et la mère policière — oui, même chef de la police criminelle dans une localité voisine, presque uniquement faite de tours d'habitation.

Lucie admirait sa mère — pas seulement parce que, pour fermer les portes, elle ne faisait pas même tourner doucement la moindre poignée. Lucie trouvait sa mère belle — et pas seulement parce qu'elle faisait de l'effet en uniforme de policière, même à la maison ou au jardin. Lucie aimait sa mère belle, admirée — pas seulement parce que, depuis toute petite, elle se sentait si bien protégée par ses larges épaules.

Son père, en revanche, ne pouvait que faire pitié à Lucie. Il avait toujours les ongles sales, il avait beau se les brosser tant qu'il voulait. Il était là dans la maison, au jardin, et pourtant ne faisait pas vraiment l'effet d'être là.

Nicht bloß die Besucher — es waren immer die der schönen Mutter, die vorhatte, Politikerin zu werden! — übersahen ihn und hielten ihn für einen hereingeschneiten Fremden oder Arbeiter. Auch Lucie vergaß ihren Vater, selbst wenn er neben ihr am Tisch saß. Er fiel ihr höchstens auf, sooft er ins Zittern kam.

Ja, Lucies Vater war von Zeit zu Zeit ein Zitterer. Und zu zittern fing er insbesondere an, sowie er ihr bei etwas beispringen wollte. Er hatte gezittert, als er ihr in früheren Jahren den Mantel zuknöpfte. (Inzwischen, mit gut zehn, brauchte sie da seine Hilfe längst nicht mehr.) Er zitterte, wenn er ihr, die ums Leben gern rannte und dabei oft hinfiel, einen Verband anlegte. (Eigentlich brauchte sie auch da seinen Beistand längst nicht mehr und ließ ihn nur gewähren, weil ihm daran zu liegen schien.) Er zitterte, sobald sie beide in einen Bus einsteigen sollten — selbst in einen der gemütlichen Vorortbusse —, und zitterte dann neuerlich vor dem Ausstieg.

Er zitterte nicht nur, wenn er mit ihr unten in der Hauptstadt einen der großen Plätze überquerte, sondern auch beim gemeinsamen Queren der doch meist leeren, schmalen Vorortstraßen nah beim Haus. Er zitterte, wenn er einen Schlüssel umdrehen sollte.

Ce n'étaient pas seulement les visiteurs — c'étaient toujours ceux de sa mère si belle qui projetait de faire de la politique! — qui semblaient ne pas le voir ou le tenaient pour quelque ouvrier ou pour un inconnu tombé du ciel. Lucie aussi oubliait son père, même quand il était assis, à côté d'elle à la table. Elle le remarquait tout au plus quand il se mettait à trembler.

Oui, le père de Lucie était de temps en temps un trembleur : et c'était en particulier quand il voulait lui venir en aide pour quelque chose qu'il se mettait à trembler. Il avait tremblé lorsque, pendant les premières années, il lui boutonnait son manteau. (Entre-temps, à dix ans passés, il y avait longtemps qu'elle n'avait plus besoin de son aide.) Il tremblait quand il lui mettait un pansement à elle qui aimait courir par-dessus tout et tombait souvent. (En fait, là non plus, elle n'avait plus depuis longtemps besoin de son assistance et ne le laissait faire que parce qu'il semblait y tenir.) Il tremblait dès qu'ils devaient tous deux monter dans un bus — même dans l'un des confortables bus de banlieue — et tremblait de nouveau à la descente.

Il ne tremblait pas seulement quand, en bas dans la capitale, il traversait avec elle l'une des grandes places, mais aussi en traversant en commun les rues de banlieue, près de la maison, pourtant la plupart du temps vides et étroites. Il tremblait quand il devait tourner une clé.

(Für manche, vor allem neuere, Schlüssel waren ihre Finger trotz ihrer gut und gern zehn Jahre in der Tat noch zu schwach.) Er zitterte, mit ihr allein im Haus, bei sich nähernden Schritten draußen auf dem Asphalt, selbst wenn das, allein schon dem Klang nach, nur die der heimkehrenden Kriminalchefinmutter sein konnten. Er zitterte am Morgen. Er zitterte am Abend. Er zitterte im Winter. Er zitterte im Sommer. Er zitterte im Sitzen. Er zitterte im Stehen. Er zitterte beim Essen. Er zitterte beim Lesen. (Ah, wie ganze Zeitungen und sogar ganze schwere Bücher da manchmal ins Zittern kamen.) Er zitterte beim Fernsehen.

Ja, Lucie konnte von ihrem Vater Zitterer ein Lied singen. »Kleiner Vater«, sagte sie dann eines Tages — »kleiner Vater« hieß er bei ihr manchmal, obwohl er gar nicht so klein war —: »Hör auf zu zittern. Zittere hinfort nicht mehr. Verstanden? Mein kleiner Vater, warum zitterst du?«

Und der Vater hatte auf der Stelle zu zittern aufgehört (wenn auch nicht für immer) und geantwortet: »Ich kann, Lucie, nicht umhin, zu zittern, aus mindestens zwei Gründen, deren einer, der vorrangige, darin besteht, daß ich als Kind mit meinen, wie du weißt, inzwischen längst verstorbenen Eltern, deinen Großeltern, in einem fort

16

(Pour certaines, surtout les clés récentes, ses doigts malgré ses dix années révolues étaient trop faibles.) Il tremblait seul dans la maison avec elle quand des pas s'approchaient dehors sur l'asphalte, même si cela ne pouvait être, de par le bruit, que ceux de la mère, commissaire de la police judiciaire, qui revenait à la maison. Il tremblait le matin. Il tremblait le soir. Il tremblait l'hiver. Il tremblait l'été. Il tremblait assis. Il tremblait debout. Il tremblait en mangeant. Il tremblait en lisant. (Ah, comme tout un journal et même des livres lourds se mettaient à trembler.) Il tremblait en regardant la télévision.

Oui, pour ce qu'il en était de son trembleur de père, Lucie connaissait la chanson. « Petit père », dit-elle un jour — « petit père », l'appelait-elle, bien qu'il ne fût pas si petit que cela —, « arrête de trembler. Désormais ne tremble plus, compris ? Mon petit père, pourquoi trembles-tu ? »

Et le père avait cessé de trembler sur-le-champ (même si ce n'était pas pour toujours) et répondu : « Je ne peux pas m'empêcher de trembler, Lucie, pour au moins deux raisons, dont l'une, la principale, est celle-ci : enfant, j'étais, comme tu le sais, continûment, comme on disait alors, en fuite avec les parents, tes grands-parents décédés, comme tu le sais, depuis longtemps, d'un pays à l'autre, d'une frontière à l'autre

— so sagte man damals noch — auf der Flucht war, von einem Land zum nächsten, über eine Grenze zur andern — damals gab es noch Grenzen, aber diesen Ausdruck kannst du jetzt glücklicherweise vergessen —, daß ich demnach, mit einem Wort, ein Flüchtling war, während der zweite Grund dieses meines Zitterns mein damaliger Familienname sein könnte oder, besser, gewesen sein wird, welchen ich, indem deine Mutter mich zum Mann nahm, zwar endlich ablegen durfte zugunsten des Sippennamens meiner Frau, der, wie du wohl weißt, ›Strongfort‹ lautet — leider konnte ich nicht auch noch meinen Vornamen dem ihren angleichen, ›Lionel‹ entsprechend ›Lionella‹ —, der aber (ich spreche von meinem früheren Familiennamen) mir immer noch zeitweise in die Quere kommt, dadurch daß er, wie du noch nicht wußtest und jetzt endlich wissen sollst, in der Sprache des Landes, aus dem ich anfangs flüchten mußte, ›Zitterer‹ bedeutet und das dortzulande auch weiterhin bedeutet.«

Ha, so konnte Lucies Vater ihr nicht bloß leidtun, sondern auch »die Füße brechen« — was ein vorstadtüblicher Ausdruck für Lästigfallen war. Er wurde, wenn er, gottlob selten, den Mund auftat, ungeheuer umständlich. Vor allem war er vollkommen unfähig, in kurzen, einfachen, jedermann, auch einem Kind, verständlichen Sätzen zu sprechen. Nichts von dem, was er äußerte, konnte in klare Kürzel übertragen oder auf eine allgemeingültige Formel gebracht werden.

18

« — en ce temps-là, il y avait encore des frontières, mais cette expression-là, tu peux, aujourd'hui, par bonheur, l'oublier — , donc, j'étais un fugitif, alors que la seconde raison de mon tremblement pourrait être — avait été plutôt — mon nom de famille à cette époque, je pus enfin m'en débarrasser quand ta mère me prit pour mari, au profit du nom de tribu de ma femme qui est "Strongfort" comme tu le sais — malheureusement je ne pus faire coïncider mon prénom avec le sien, "Lionel" avec "Lionella" —, lequel cependant (je parle de mon ancien nom de famille) vient se mettre en travers de ma route du fait que, comme tu ne le savais pas encore et dois le savoir enfin, il voulait dire, dans la langue du pays dont je dus fuir au début, "trembleur" et continue à le signifier. »

Ah ! ainsi le père de Lucie ne lui faisait pas seulement de la peine, mais il lui « cassait les pieds », une expression habituelle dans la banlieue pour dire ennuyer. Quand il ouvrait la bouche, rarement, Dieu merci, il devenait extraordinairement compliqué. Surtout, il était complètement incapable de parler par phrases courtes, simples, compréhensibles pour chacun, même pour un enfant. Rien de ce qu'il disait ne pouvait être exprimé en raccourcis clairs ou être ramené à une forme de portée générale.

So vermied es Lucie nach Möglichkeit, ihren Vater zum Reden zu bringen. Und wenn es ihr manchmal unterlief, kam es wie gerade erlebt.

Aber auch mit seinem wortlosen Tun brach ihr der Vater immer wieder »die Füße« (oder, wie die entsprechende Redensart im Nachbarvorort lautete, »die Bonbons«, oder, wie in dem dahinter, »die Weihrauchfläschchen«). Oft und oft wußte sie nicht, was das, was er gerade tat, eigentlich sollte. Warum rechte er den Garten zum Beispiel an einer Stelle, wo nicht ein einziges abgefallenes Blatt lag? Wieso drehte er sich im Gehen auf der Straße unversehens um sich selber? Was suchte er da schon wieder in all seinen Taschen, die er doch gerade erst so gründlich durchsucht und sogar sämtlich nach außen gestülpt hatte? Überhaupt war es höchst lästig, daß man nie wußte, wie man mit diesem Menschen dran war. Wenn die Mutter die Türe ins Schloß schlug: ja, das war sie, endlich, ihre schöne liebe Mutter! Der Vater dagegen schloß dieselbe Tür dagegen in der Regel so diebesleise, daß Lucie schon mehrmals Angst bekommen und gerufen hatte: »Wer ist da?« Ja, solch ein Wer-ist-da, das traf zu auf ihren Vater — der zwischendurch dann die Tür lauter zuschlug als je die Mutter.

Und außerdem war ihr kleiner Vater zuzeiten auch noch grund-, stock- und stinkhäßlich. Und besonders häßlich war er, wenn er von seinen Waldgängen kam.

Aussi Lucie évitait-elle autant que possible de faire parler son père. Et quand parfois cela lui arrivait, cela se passait comme vécu à l'instant.

Mais même avec son activité sans paroles son père lui cassait toujours les pieds (ou, comme le disait l'expression correspondante dans l'agglomération voisine, «les bonbons», ou, dans celle plus loin, «les burnes»). Souvent, bien souvent, elle ne savait pas à quoi pouvait rimer ce qu'il était en train de faire. Pourquoi, par exemple, ratissait-il le jardin là où pas une feuille n'était tombée ? Pourquoi en marchant dans la rue se retournait-il soudain sur place, sur lui-même ? Qu'est-ce qu'il avait encore à chercher dans toutes ses poches qu'il venait de fouiller à fond et qu'il avait même toutes retournées ? D'ailleurs, c'était tout à fait pénible de ne jamais savoir où on en était avec cet homme. Quand sa mère faisait retomber la porte dans la serrure : oui, enfin, ça c'était elle sa belle, sa chère mère. Le père, lui, en revanche, fermait généralement cette même porte à ce point sans bruit, comme un voleur, que plusieurs fois déjà Lucie avait pris peur et s'était écriée : «Qui est là ?» Oui, ce qui-est-là visait son père — qui du coup claquait la porte plus fort que sa mère ne le faisait jamais.

Et de plus son petit père, par moments, était laid à faire peur, laid de fond en comble, laid à en puer. Et laid, il l'était surtout quand il revenait de ses incursions en forêt.

Und er ging oft in die Wälder und blieb dort lange. Nicht nur schmutzig von Kopf bis Fuß kehrte er dann heim, sondern auch entstellt; zum Nichtmehrwiedererkennen. Mit nicht allein vom Wind so zerzausten Haaren, mit den hervorquollenen Augen und dem schiefverzogenen Mund stand der Vater mit einem Schlag auf Lucies Zimmerschwelle. Und er blickte nicht etwa auf seine Tochter, sondern stier vor sich zu Boden. Sein Kopf blieb gesenkt, und wenn er ihn endlich hob, wirkte der ganze Mann blind, jedenfalls blind für seine Tochter Lucie.

Und er hatte in solchen Momenten auch seine Stimme verloren. Höchstens ein Krächzen oder Quaken kann dann mit der Zeit aus ihm heraus, Laute in einer Sprache, die sie nicht verstand. Und was kroch dem Vater dort über die Stirn? Eine leibhaftige fette, haarige Raupe! Und was fiel ihm dort jetzt, mit einem Krachen wie von einem Stein oder eher einer hohlen Nuß, aus dem Rockärmel? Ein gepanzerter, schwarzblauschimmernder Riesenkäfer, mit verzweigten Hörnern vorne am Schädel wie der Vater Bambis — nur daß diese das einzig Vergleichbare blieben! Und was robbte da, schon in der Mitte ihres, ihres! Zimmers, mit einer Blinkspur hinter sich, auf sie zu? Etwas Grüngelbes, für Momente fast Durchsichtiges, dann wieder Tintenfleckshaftes — eine Waldschnecke, eine ohne jedes Haus auf dem Rücken, eine ohne nichts!

Et il allait souvent dans les forêts et il y restait longtemps. Non seulement il en revenait sale, des pieds à la tête, mais de plus défiguré, méconnaissable. Les cheveux ébouriffés, et pas par le vent seulement, les yeux exorbités et la bouche de travers, le père se tenait là, tout à coup, sur le seuil de la chambre de Lucie. Et il ne regardait pas sa fille mais avait les yeux fixés sur le sol. Sa tête restait penchée et, quand il la levait enfin, l'homme semblait aveugle, en tout cas aveugle pour sa fille Lucie.

Et en de pareils moments, il avait aussi perdu sa voix. Avec le temps, tout au plus un couinement sortait de lui, un raclement, des sons dans une langue qu'elle ne comprenait pas. Et qu'est-ce qui lui grimpait là, sur le front, au père ? Une chenille, bien vivante, grasse, poilue. Et qu'est-ce qui lui tombait de la manche avec un bruit comme d'un caillou ou plutôt d'une noix creuse ? Un scarabée géant, cuirassé, aux reflets bleu-noir, avec des cornes qui lui partaient sur le devant du crâne, comme le père de Bambi — à ceci près qu'elles restaient la seule chose comparable. Et qu'est-ce donc qui rampait là, déjà au milieu de sa chambre, de la sienne à elle, avec une traînée brillante derrière, droit vers elle ? Quelque chose d'un vert jaune, par moments presque translucide, puis de nouveau noir de tache d'encre, un escargot, un sans la moindre maison sur le dos, un sans rien du tout !

Und obwohl der Mensch immerfort starr in der Tür stand, weit weg von ihr, stank er — stank es von ihm hin zu ihr. Ein Geruch ging von ihm aus, stark, allmählich übermächtig, so wie bei dem einen und andern Vater der Schulfreundinnen der Geruch von Leder, Sägespänen, Metall — nur daß ihr eigener Vater in diesen Momenten ganz und gar nicht einen von diesen Gerüchen ausstrahlte, leider, und besonders leider nicht den von Lucie bevorzugten Geruch, den von Benzin. Nur ein Geruch in der ganzen Vorstadtnachbarschaft drängte sich ihr jeweils noch schärfer auf, und das war der aus dem Ziegenstall, den sich ein paar Straßen weiter irgendein anderer angeblicher oder wirklicher Flüchtling hielt. (Der ganze Vorort schien sich darin zu gefallen, eine »Stadt von Flüchtlingen« zu sein, mochten die jeweiligen Fluchten oft auch schon Jahrhunderte zurückliegen.)

Zu dem Gestank des Vaters, vor dem sämtliche Waldkleintiere, samt Spinnen und Würmern, sich hauswärts verliefen, kamen dann auch noch seine unmäßig ausgebeulten Taschen, deren Inhalt nicht nur große nasse Flecken außen auf dem Gewand hinterließ, sondern auch noch an nicht wenigen Stellen durch die Stoffporen tropfte.

Fast war Lucie versöhnt, als der Vater einmal bei solch einer Rückkehr aus seinen Wäldern zu all seinem Kram zusätzlich noch eine lange scheckige Vogelfeder oben im Scheitel stecken hatte.

Et bien que cet homme-là restât figé, à la porte, loin d'elle, il puait — ça puait de lui vers elle. Une odeur se dégageait de lui, forte, peu à peu toute-puissante, comme l'odeur de cuir, de sciure, de métal chez le père de l'une ou l'autre des camarades de classe — sauf qu'émanait de son propre père, dans ces moments-là, rien de ces odeurs-là, malheureusement, et surtout malheureusement pas l'odeur préférée de Lucie, celle d'essence. Une seule odeur dans tout le voisinage de banlieue s'imposait encore avec plus d'acuité, et c'était celle de l'étable à chèvres qu'un vrai ou prétendu réfugié entretenait à quelques rues de distance. (Toute cette banlieue semblait se complaire à être «une ville de réfugiés», ces fuites respectives dussent-elles dater de plusieurs siècles.)

À la puanteur du père devant laquelle tous les petits animaux de la forêt, araignées et asticots compris, se dispersaient en direction de la maison, s'ajoutaient ses poches exagérément gonflées, dont le contenu ne laissait pas seulement de grandes taches mouillées, mais s'égouttait en bien des endroits, à travers les mailles du tissu.

Lucie était presque réconciliée, lorsque le père, un jour, retour de ses forêts, rapporta en plus de tout son barda une longue plume d'oiseau bario-lée, plantée dans les cheveux.

Doch ein andermal, als er sie von der Schule abholte, ausnahmsweise ganz vornehm gekleidet, sogar mit einem Hauch von Benzin an seinem fellbesetzten offenen Mantel, mit nur einer kleinen Reihe von ebensolchen Federn oben in seiner Anzugtasche, bekam sie tags darauf von ihren Mitschülern zu hören, seit wann ihr Vater denn mit einem toten Vogel herumlaufe.

Ja : mit Lucies Vater war, in keiner Hinsicht, ein Staat zu machen. Im Vergleich zu ihrer schönen, mächtigen — hoffentlich bald noch mächtigeren — Mutter war dieser Mensch eher ein Ausfall oder ein Ausrutscher. Und trotzdem sah es Lucie gerne, wenn ihre Mutter und ihr Vater zusammen waren. Erst einmal war die Schönheit der Mutter so überragend, daß sie auch etwas davon an den Mann daneben abgab — sogar an den Spezialfall da, sie hätte auch noch speziellere Fälle überstrahlt —, und so waren die beiden zusammen, in Lucies Augen für alle Welt sichtbar, ein schönes, ein wunderschönes Paar! Und zweitens wollte es Lucie einfach, daß ihr Vater und ihre Mutter miteinander seien. Und sie, Lucie, wollte mit ihnen beiden, genau und einzig mit diesen beiden sein! Sie wünschte es sich so. Sie verlangte es so. Sie bestand darauf.

Lucie hatte nicht wenige Sprüche von ihrer Mutter übernommen. Und einer dieser Sprüche : »Ich bin es, die bestimmt!« war ganz besonders der ihre.

Une autre fois, pourtant, il vint la chercher à l'école, habillé avec distinction, et même avec un soupçon d'odeur d'essence sur son manteau à col de fourrure, déboutonné, avec rien qu'une petite rangée de plumes pareilles en haut dans la poche de son costume ; dès le lendemain, elle s'entendit demander par ses camarades d'école depuis quand son père se promenait avec un oiseau mort.

Oui : le père de Lucie, il n'y avait pas de quoi s'en vanter. Par comparaison avec sa belle et considérable mère — et, espérons-le, bientôt encore plus considérable — il était plutôt un avatar, un cas malencontreux. Et malgré cela Lucie aimait bien que son père et sa mère soient ensemble. D'abord, telle était la beauté de la mère qu'elle en donnait un petit peu à l'homme, à côté — même à ce cas particulier, elle aurait irradié des cas plus particuliers encore —, les deux ensemble formaient un beau, un magnifique couple, visible pour tout le monde. Et deuxièmement, Lucie voulait tout simplement que son père et sa mère soient ensemble. Et elle, Lucie, voulait être avec eux deux, exactement et uniquement avec ces deux-là ! Elle le désirait ainsi, elle le voulait, elle insistait.

Lucie avait pris de sa mère un bon nombre de façons de parler. Et l'une d'elles : « C'est moi qui décide ! » était tout particulièrement la sienne.

Manchmal packte sie wortlos die Hand des Vaters und die Hand der Mutter und zwang oder fügte die zwei Hände zusammen. Und wenn der Mann und die Frau sich dann sogar umarmten (das kam vor), trat sie davor zurück : es war ihr, Lucies, des Kindes, Werk. Und kam es in der Folge, Himmel, gar zu einem Kuß, so stieß sie in der Regel einen gellenden Indianerschrei aus, klatschte in die Hände, feuerte an und gab weitere Anweisungen, wie die Zuschauerin ihres eigenen Films.

Lucie wohnte, nach eigenen Angaben, höchst ungern dort am Waldrand. Sie hätte ein Haus unten am steilen Meeresufer vorgezogen. Ihr Zimmer hatte zwei Fenster. Das eine ging hinten zum Waldhang hinauf, das andere hinunter in das Tiefland mit dem sogenannten Häusermeer und, an dessen Ende, dem richtigen Meer. Aus dem eher finsteren Wald tuteten nachtlang die Käuzchenschreie. Aus dem Häusermeer aber kam ein ständiges Rauschen und Brausen, das, wenn sie nur lang genug hinhörte, eine von abertausend gleichgestimmten Instrumenten gespielte Melodie war, und von dem richtigen Meer signalisierten sich ihr, ihr persönlich, Tag und Nacht die hellaufglitzernden, ganz anders tutenden Schiffe und Fähren.

Zudem war dieser Wald an seinem Eingang dicht verwachsen und verstrüppt.

Parfois, sans mot dire, elle prenait la main du père et de la mère et les contraignait ou s'arrangeait pour qu'elles se prennent l'une l'autre. Et quand l'homme et la femme se prenaient même dans les bras (cela arrivait), elle en reculait : c'était son œuvre à elle, Lucie, l'enfant. Et par la suite cela allait-il jusqu'au baiser, grands dieux, elle en poussait, en général, un cri strident, d'Indien, applaudissait, les stimulait et donnait ses directives comme une spectatrice de son propre film.

Lucie, selon ses propres indications, n'aimait pas du tout habiter là-bas, à la lisière de la forêt, elle aurait préféré une maison en bas du rivage escarpé sur la mer. La chambre avait deux fenêtres. L'une donnait sur le versant de la forêt par-derrière, l'autre ouvrait très bas sur la plaine avec sa mer de maisons, comme on disait, et au bout sur ce qui était vraiment la mer. La nuit durant, dans la forêt plutôt sombre, retentissaient les cris des chouettes. Mais de la mer de maisons provenait un bruissement, une rumeur continue qui, prêtait-on l'oreille suffisamment longtemps, était une mélodie jouée par des milliers et des milliers d'instruments pareillement accordés, et qui parvenaient de la mer véritable, c'étaient, jour et nuit, les reflets éclatants des bateaux et des bacs qui se signalaient à elle et dont les sirènes retentissaient tout autrement.

De plus, à l'entrée, cette forêt était obstruée par une végétation drue.

Massen umgestürzter Bäume lagen, lehnten und hingen in die Kreuz und in die Quer. Kaum verstummten vor dem Morgendämmern die Käuzchen, brüllten schon die ersten Rabenkrähen los. (»Raben«, so wollte es der Vater, aber sie wußte es besser und sagte es ihm auch — nur sprach der weiterhin unverbesserlich von »Raben«.) Oft überschnitten sich Kauz- und Krähenschreie, riefen aneinander vorbei, bis sie, für eine kurze Zeit, einander zu antworten schienen. Es war dann, als hebe der einsame Kauz die Stimme, eine leicht angerauhte, und aus den mehreren einander anbrüllenden Raben werde ein einziger, mit einem Anflug von Geflöte und Getriller in seinem Gekrächz.

Und danach gellte es vom Waldrand her die ganze erste Morgenstunde, sommers wie winters, und noch weiter auf dem Weg zum Schulbus, in Lucies Rücken von den Raubvögeln des Waldes, hauptsächlich den Falken, die, das wußte der Vater erst von ihr, dort vor allem die Lichtungen liebten — und das Waldinnere da wimmelte nur so von Lichtungen, Rodungen, Schonungen. »Gellen«, so nannte das Falkenschreien aber eher nur die kriminalpolizeiliche Mutter, während der gärtnernde Vater aus ihnen mehr ein »Schnattern« oder auch bloß ein »Zirpen« oder ein bloßes »Piepsen« heraushörte, bis Lucie dann wieder einmal ihr Machtwort sprach und bestimmte, die Laute des hiesigen Falken seien fortan als »Schmettern« zu bezeichnen.

Des masses d'arbres tombés s'étalaient, pendaient ou s'appuyaient en tous sens. À peine les chouettes se taisaient-elles avant le lever du jour que les premières corneilles se mettaient à croasser. (Le père voulait que ce soient des «corbeaux», mais elle savait bien que non et le lui dit — or il continua, incorrigible, à parler de «corbeaux».) Souvent les cris de chouettes et de corneilles se croisaient, se manquaient, jusqu'à ce que pour un bref instant ils semblent se répondre les uns les autres. C'était alors comme si la chouette solitaire élevait la voix, une voix devenue légèrement râpeuse, et comme si les corbeaux qui se renvoyaient leurs cris n'en devenaient qu'un seul, avec un soupçon de flûte et de trilles dans le croassement.

Et après, toute la première heure de la matinée durant, cela retentissait de la lisière, été comme hiver, et plus loin même, sur le chemin vers le car scolaire, dans le dos de Lucie, c'étaient les oiseaux de proie de la forêt, les busards surtout, qui, cela, c'était elle qui l'avait appris à son père, aimaient les clairières — et l'intérieur de la forêt grouillait de clairières, de coupes, de plantations. «Stridences», disait plutôt sa commissaire de police de mère des cris des busards pendant que le père en train de jardiner y entendait plutôt «jacasser», simplement «crisser» ou simplement «pépier», jusqu'à ce que Lucie une fois de plus tranche en disant que désormais les cris des busards d'ici devaient être appelés «glapissements».

Sie alle drei, wie sie auf der Veranda, welche unsinnigerweise nicht zum Meer, sondern zum Waldrand ging, beim Frühstück saßen, horchten : Ja, richtig, die Falken schmetterten. Manchmal aber, leise, leise, zwitscherten sie, und man konnte sie mit Meisen verwechseln. Und eines Morgens mischte sich noch eine vierte Stimme in das Familiengespräch. Sie kam aus dem Nachbargarten und gehörte Wladimir, dem mit Lucie etwa gleichaltrigen Nachbarkind. Wladimir stammte aus Nordafrika und hieß eigentlich anders. Doch bei Lucie hieß er Wladimir. Und Wladimir sagte jetzt : »Nein : die Falken, sie wiehern !« War also der nahe Wald nicht doch ein verbindenderes »Gesprächsthema« (Mutter-Wort) als das ferne Meer?

Nein, nein, und nein ! : Lucie zog es ganz und gar nicht in diesen Wald. Was anderes wäre es vielleicht gewesen, hätte es darin Felsen, Höhlen, Wasserfälle gegeben. Doch keine Spur von dem allem. Höchstens hier und da ein Steinblock, über den man beim Laufen stolperte, und hier und da ein Erdloch, hinab zum Keller eines einstigen Bunkers, woraus manchmal Stimmen kamen, verglichen mit denen die einstigen Höhlenmenschen mit Sicherheit (»mit Sicherheit«, wieder so ein Ausdruck aus ihrer Mutter-Sprache) Engelszungen gehabt hatten. Und statt eines Fließ- oder Sturzwassers gab es in diesem Wald höchstens Moraststellen und düstere Tümpel, aus denen, jedenfalls in Lucies Geschichte, sich aus sämtlichen Winkeln Alligatoren herausschälten.

Tous trois, assis au petit déjeuner, sous la véranda qui bêtement ne donnait pas sur la mer, mais sur la lisière de la forêt, tendirent l'oreille : oui, c'était vrai, les busards glapissaient. Mais parfois, doucement, doucement ils sifflotaient et on pouvait les confondre avec des mésanges. Et un matin, une quatrième voix se mêla à la conversation familiale. Elle venait du jardin d'à côté et appartenait à Wladimir, l'enfant voisin, à peu près du même âge que Lucie. Wladimir, il venait d'Afrique du Nord et s'appelait en réalité autrement. Mais pour Lucie il s'appelait Wladimir. Et Wladimir disait : « Non, les busards, ils hennissent ! » La forêt proche n'était-elle donc pas un « sujet de conversation » (mot de sa mère) qui rapprochait plus que la mer au loin ?

Non, non et non ! Lucie, rien, vraiment rien ne l'attirait vers la forêt. Il en aurait peut-être été autrement s'il y avait eu des rochers, des grottes, des cascades. Mais de cela il n'y avait nulle trace. Tout au plus, çà et là, un bout de pierre sur lequel on trébuchait en courant et çà et là un trou dans la terre, la cave d'un ancien bunker d'où sortaient parfois des voix comparés auxquelles les anciens habitants des cavernes, à coup sûr (« à coup sûr », encore une de ces expressions de sa langue-mère), chantaient avec des voix d'anges. Et au lieu d'eaux courantes ou tombantes, il y avait tout au plus dans cette forêt des bourbiers ou de sombres mares dont des alligators s'extrayaient, en tout cas dans l'histoire de Lucie, de tous les recoins.

Wenn es in diesen Wäldern überhaupt Wege gab, dann fast nur Hohlwege, und »ein Hohlweg«, so Lucies Spruch, »das sagt mir nichts«. Im Grunde hatten die Wälder auch helle Stellen, und eigentlich waren diese sogar in der Mehrzahl — eigentlich waren sie das Bestimmende. Aber diese Art Helligkeit, so Lucie, tat nur den Augen weh. Das Schlimmste in der Hinsicht waren die krankenhausweißen Häute der zigtausend Birken. Aber auch von den noch zahlreicheren Eichen und Eßkastanien — Lucie kannte alle Baumarten — war nichts Gutes zu erwarten. Von den Eichen trommelten laut Lucie ständig, nicht bloß im Herbst, die steinharten Eicheln, und wenn man vor diesem Waldhagelschlag Schutz unter einer der Kastanien daneben suchte, knallte einem da ein noch viel schwereres, größeres, wuchtigeres, dazu noch mit scharfen Stacheln bewehrtes Ding auf den Kinderschädel. Daß diese Früchte eßbar waren und ihr, zugegeben, sogar schmeckten, und sogar roh, wog in Lucies Augen den Nachteil nicht auf. Nein, der Wald, das war nichts für sie.

Wenn schon weg vom Meer, dann gleich ins Gebirge. Einmal, in einem Sommer, hatte sie mit den Eltern eine Zeitlang eine Hütte im Hochgebirge bewohnt. Das war in einer Gegend gewesen, wo nur noch spärlich die Bäume wuchsen. Es gab da nichts als das kurze Gras und dazwischen die nackten Felsen.

Quand il y avait des chemins dans cette forêt, c'était presque uniquement des chemins creux et un « chemin creux », c'était le mot de Lucie, « ça ne me dit rien ». Au fond, les forêts avaient aussi des endroits clairs et ils étaient même la majorité — en réalité c'étaient eux qui comptaient. Mais cette sorte de clarté, au dire de Lucie, faisait seulement mal aux yeux. Le pire, c'étaient les peaux d'une blancheur d'hôpital des milliers de bouleaux. Mais même des chênes et des châtaigniers, plus nombreux encore — Lucie connaissait toutes les espèces d'arbres —, il n'y avait rien à attendre de bon. Constamment, tombant des chênes, et pas seulement en automne, les glands durs comme des pierres lui tambourinaient la tête, et quand on cherchait à se protéger de ces coups de grêle forestière sous l'un des châtaigniers proches, c'était bien plus lourd encore ; plus grand, plus vigoureux, un truc de plus armé de piquants pointus. Ces fruits étaient comestibles et, elle l'admettait, avaient bon goût, même crus, pour Lucie cela n'en compensait pas le désavantage. Non, la forêt ce n'était pas quelque chose pour elle.

S'il fallait quitter la mer, alors c'était la montagne. Une fois, un été, elle avait habité quelque temps durant une cabane en haute montagne. C'était dans une contrée où ne poussaient plus que de rares arbres. Il n'y avait que l'herbe rase et au milieu les rochers nus.

Das Gras dort federte, und seitdem hatte Lucie immer wieder Träume, worin sie im Gehen mir nichts, dir nichts aufflog und auch schon hoch über der Landschaft schwebte. Nirgends war sie so gern zu Fuß unterwegs gewesen wie dort in den Bergen an der Baumgrenze: Solch eine Grenze, die war schön.

Und ins Laufen, Springen und buchstäblich ins Fliegen kam sie da, sooft sie gipfelwärts den letzten Zwerg oder Krüppel von Baum endlich hinter sich hatte. Kein noch kalter Regen hielt sie ab von ihrem Berganstürmen. Und es regnete in dem Sommer damals beinahe immerzu. Die Eltern dagegen: Nie, weder vorher noch nachher, hatte Lucie ihre Mutter so verändert erlebt. (Doch, nachher, einmal, im Lauf dieser Geschichte hier: davon später.) Eines Tages, als das Kind nach einem langen Ausflug im Freien in die Hütte trat, hockte dort am Herdfeuer ein zusammengeschrumpftes, faltiges altes Weiblein, ihr vollkommen fremd, so fremd, wie — Lucie wörtlich — »nur einer einem vorkommen kann, den man schon seit jeher gekannt hat«. Die Mutter und Polizeichefin trat all die Hochgebirgszeit kaum vor die Hütte, die eher ein bloßer Unterstand war. Der Felsberg, der Regen, die Tage und Nächte fernab von ihren gewohnten Funkfrequenzen, das war für sie die ärgstmögliche Strafversetzung.

Und mit dem Vater war oberhalb der Baumgrenze noch weniger anzufangen als sonst.

L'herbe là-bas était souple et depuis Lucie avait toujours des rêves où, mine de rien, elle s'envolait et flottait déjà loin au-dessus du paysage. Nulle part elle n'avait autant aimé marcher à pied que là-bas dans les montagnes à la limite des arbres. Une limite comme ça c'était beau.

Et elle en était arrivée à courir, sauter, littéralement, à prendre son envol, dès qu'en direction de la cime elle avait enfin laissé derrière le dernier arbre nain ou rabougri. Nulle pluie, si froide fût-elle, ne la retenait d'aller à l'assaut de sa montagne. Et cet été-là, il plut presque sans discontinuer ; les parents en revanche : jamais, ni avant ni après, Lucie n'avait vu sa mère à ce point changée. (Si, après, une fois, au cours de cette histoire-ci : il en sera question plus bas.) Un jour, lorsque l'enfant, après une longue excursion dehors, pénétra dans la hutte, une vieille femme ratatinée et ridée y était accroupie près du feu, elle lui était complètement inconnue, inconnue, comme — ce sont les mots mêmes de Lucie — peut vous paraître inconnu « seul quelqu'un qu'on connaît depuis toujours ». Pendant tout ce temps en haute montagne, la mère, chef de la police, ne franchit guère le seuil de la hutte, qui était plutôt un simple abri. La montagne rocheuse, la pluie, les jours et les nuits bien loin de ses fréquences radio habituelles, c'était pour elle la pire des mutations disciplinaires possibles.

Et du père, au-dessus de la limite des arbres, il y avait encore moins à en tirer que d'habitude.

Wo noch Bäume waren, wenn auch nur spärlich, da bewegte er sich in seinem Element, jetzt gebückt wie ein Jäger auf einem Pirschgang, jetzt stockend und nach allen Seiten witternd wie das gesuchte Wild in Person, jetzt — er, der einzelne, wie ein ganzer Stamm — querwaldein spurend und ausschwärmend, jetzt ins Tanzen geratend, ein Tanzen an Ort und Stelle. Im Baumlosen, Kahlen jedoch war es mit diesem Vater augenblicks aus. Er wußte nicht mehr wohin. Vor allem wußte er nicht mehr, wo hinschauen. Zwischen den Bäumen hatte er ausschließlich zu Boden geblickt, im Umkreis der Wurzeln und Strünke. Hier aber, zwischen nichts mehr als Felsen und Gras, ruckte und zuckte ihm der Kopf in einem fort sinnlos auf und nieder und hin und her, und vor allem rückwärts, bergab, in Richtung der letzten Bäumchen dort. Ohne die Bäume oder irgendein Zeug, das mit den Bäumen zu tun hatte, gab es mit dem Vater kein Zusammengehen.

Und bei aller Freude am Erstürmen der steilsten Hänge mit den dabei flügelleicht gewordenen Kinderbeinen : Versteht sich, daß sie, Lucie, jemanden nötig hatte, der mit ihr ging und insbesondere ihr zuschaute. Gleich jemanden? Nein. Den Vater und die Mutter. Beide. Die Mutter und den Vater.

Später einmal, wieder zu Hause, lud der Vater sie ein, mit ihm »auf den Berg« zu gehen. Ja, gab es denn in der Nähe überhaupt einen Berg? Ja, oben dort, hinter dem Wald.

Là où il y avait des arbres, si rares fussent-ils, il se mouvait dans son élément, tantôt penché comme un chasseur en piste, tantôt à l'arrêt, humant de tous côtés, comme s'il était le gibier pisté en personne, tantôt — lui le solitaire, comme une tribu entière — à la trace droit à travers bois, se dispersant, tantôt se mettant à danser sur place. Dans le vide d'arbres, dénudé, c'en était fait de ce père-là, à l'instant même. Il ne savait plus où aller. Surtout il ne savait plus où regarder. Entre les arbres il avait exclusivement regardé par terre, à l'entour des racines et des troncs. Mais ici entre rien qu'herbe et rochers, cela lui secouait la tête d'un sens et de l'autre, la lui jetait sans raison, sans cesse, d'avant en arrière, de haut en bas, en arrière et surtout vers ces derniers petits arbres là-bas. Sans les arbres ou quelque chose en rapport avec les arbres, il n'y avait plus moyen d'aller avec lui.

Et quelle que soit la joie à prendre d'assaut les pentes les plus raides avec ses jambes d'enfant légères comme des ailes, Lucie, cela se comprend, avait besoin de quelqu'un qui aille avec elle et la regarde surtout. N'importe qui ? Non, père et mère. Tous deux. Mère et père.

Plus tard, revenus, un jour, à la maison, le père l'invita à aller avec lui « sur la montagne ». Oui, existait-il une montagne à proximité ? Oui, là-bas, là-haut, derrière la forêt.

(Der Satz, womit der Vater das ausdrückte, dauerte wie üblich minutenlang.) Ein Berg! Und so wurde das dann das erste Mal, und eines der sehr wenigen Male, daß Lucie in Gemeinschaft ihres Vaters die Wälder durchquerte. Auf vielen, wie ihr schien, immer unnötigen Umwegen, wobei der Mann auf seine sattsam bekannte Weise ständig ausschwärmte und seine Schleifen zwischen den Bäumen zog, kamen sie endlich auch tatsächlich auf eine Art Gipfel. Doch dort — standen Bäume, genauso wie auf all seinen Abhängen. Und für Lucie war Berg nur, was kahl war. Und das da war demnach kein Berg. Auf so etwas zu klettern und da oben zu stehen, das war nicht ihre Sache. Wald und Berg gehörten, laut Lucie, nicht zusammen. Der da, dieser Mensch, ihr Vater, hatte ihr eine falsche Versprechung gemacht. Und an demselben Tag war es dann auch noch, daß er von seiner falschen Versprechung abzulenken versuchte, indem er ihr auf dem Abstieg, kreuz und quer durch die Wälder, seine verschiedenen geheimen Stellen mit dem Zeug, dem Kram, dem Krimskrams, den Dingsbums zeigte.

Dieser Dingsbums wegen war Lucies Vater schon die längste Zeit im ganzen Haus berüchtigt.

40

(La phrase par laquelle le père exprima cela prit des minutes comme de coutume.) Une montagne ! Et ainsi ce fut la première des rares fois où elle traversa les forêts en compagnie de son père. Après de nombreux détours qui lui semblèrent superflus et au cours desquels l'homme ne cessait de faire ses incursions et de serpenter entre les arbres, on connaissait cela à satiété, ils arrivèrent, en effet, sur une sorte de sommet. Mais des arbres poussaient là, comme sur toutes ses pentes. Et pour Lucie n'était montagne que ce qui était nu. De ce fait, ce n'était pas une montagne. Escalader quelque chose comme cela et se tenir dessus, ce n'était pas son affaire. Forêt et Lucie n'allaient pas ensemble. Celui-là, ce type-là, son père, lui avait fait une fausse promesse. Et ce même jour, en plus, il avait tenté de la distraire de sa fausse promesse en lui montrant dans la descente, tout à travers la forêt, ses divers endroits secrets avec les bidules, les machins, les trucmuches, machin-chouettes.

Le père de Lucie était déjà depuis longtemps redouté dans toute la maison à cause de ces machintrucs.

Die Mutter erzählte immer wieder, und das nicht nur im kleinen Kreis der Familie, wie der Vater sich einmal kurz vor ihrer, Lucies, Geburt mit seiner hochschwangeren Frau unten im Zentrum der Hauptstadt in dem elegantesten Laden für den Kauf eines Kinderbetts verabredet habe und dort nach seinen üblichen Umwegen durch die Wälder angekommen sei mit einem Hut voll seines frischgesammelten — so das Wort der Mutter dafür — »Mulms«. Ihr anderes Wort dafür war: »Meine Leideformen«. Denn bei dem Anblick der feuchten, schleimigen, schwarzbräunlichen, durcheinanderliegenden Dinger in dem nicht nur von bloßen Messingstangen so glänzenden und blinkenden Weltstadtgeschäft hatte sie, obwohl sie von ihrem Beruf her eigentlich noch ganz anderes gewohnt sein mußte, sage und schreibe fast eine Frühgeburt erlitten.

Bei Lucies Vater dagegen hatte der Hohlweg, in dem er damals auf die »Herrlichkeiten« — so sein Wort dafür — gestoßen war, seitdem den feierlichen Namen »Der Vorgeburtshohlweg«. (Wieder so ein Hohlweg!) Und spätestens seit diesem Zeitpunkt sei der Vater besessen gewesen von dem Suchen nach jenen Dingern. Es wurde erzählt, daß er sie selbst in den mondlosen Nächten suchte, durch die Wälder streifend mit einer Taschenlampe. Und es ging die Sage, er setze auch im Winter, also zu einer Zeit, da das Zeug endlich Ruhe gebe, tiefverborgen unter der Erde, und nicht mehr da herauswachse, sein Suchen fort — kein Tag im Jahr ohne Suche.

La mère racontait sans cesse, et pas seulement dans le cercle familial réduit, comment son père, peu avant sa naissance à elle, Lucie, avait rendez-vous avec sa femme près d'accoucher, au centre de la capitale, dans le magasin le plus élégant pour acheter le lit d'enfant, et comment il était arrivé après les détours coutumiers à travers les forêts avec un chapeau plein — c'était le mot de sa mère — de «rognasse» fraîchement cueillie. L'autre mot qu'elle avait pour cela : «les formes de ma souffrance». Car à la vue de ces machins humides, visqueux, brun noirâtre, en travers les uns des autres, dans le magasin si étincelant de la métropole, et ce n'étaient pas seulement les barres de maillechort qui brillaient, elle avait, lit-téralement, presque fait une fausse couche, bien que du fait de son métier elle fût habituée à bien autre chose.

Mais pour le père de Lucie, en revanche, le chemin creux où, en ce temps-là, il était tombé sur ces «splendeurs» — c'était son terme pour cela — avait, depuis lors, pris le nom solennel de «che-min creux d'avant-naissance» (encore un de ces chemins creux !). Et au plus tard, à partir de ce moment-là, le père avait été possédé par la recherche de ces machins-là. On racontait qu'il en cherchait même par les nuits sans lune, par-courant les forêts avec une lampe de poche. Et on disait qu'il continuait de chercher en hiver, donc en un temps où ce truc, enfin au repos profondé-ment enfoui sous terre, n'en émergeait plus — pas de jour sans en chercher.

Anfangs hatte ihn die Mutter gewähren lassen. Sie kostete sogar von seinen Mitbringseln, die er in der Küche, wegen des Geruchs bei geschlossenen Türen, zubereitete. (Sie waren demnach eßbar.) Und sie schmeckten ihr zunächst sogar, in Maßen. Aber dann — jeden Tag »wieder das da« — wurde es ihr zu viel. Überall im Haus häuften sich diese Waldwichte. Wenn sie nicht sofort, oft schon von weitem, stanken, stanken sie am folgenden Tag. Und wenn ihr Anblick im ersten Moment auch manchmal belustigen konnte oder vielleicht sogar unter Umständen sogar beinahe herzerfrischend war, so verloren sie dann doch um so rascher Glanz und Form dieser Frische : Oft schon beim zweiten Hinschauen erschienen die schönsten Farben dort stumpf, und die Dinger selber waren in der Hauswärme bald nicht mehr wiederzuerkennen, schwarz verschrumpelt wie Mäuse- und Rattendreck, und von einer Stunde zur andern mit Schimmel überzogen.

Selbst im Schlafzimmer der Eltern stapelten und schichteten sich zwischendurch des Vaters Fundsachen, ausgebreitet auf Zeitungen, geklemmt unter ein Mikroskop, aufgehängt an Trockenleinen mit Wäscheklammern!

Au début la mère l'avait laissé faire. Elle goûtait même ses trouvailles qu'il préparait à la cuisine, portes fermées, à cause de l'odeur. (Après cela elles étaient mangeables.) Et elle les trouva d'abord même bonnes, relativement. Mais ensuite — tous les jours « encore ça » — elle en eut assez. Partout dans la maison s'accumulaient ces lutins forestiers. Quand ils ne puaient pas tout de suite, souvent déjà à distance, ils puaient le jour suivant. Et même si leur aspect pouvait réjouir au premier instant ou, selon les circonstances, pouvait même rafraîchir le cœur, ils n'en perdaient pas moins d'autant plus vite le brillant et la forme de cette fraîcheur : souvent, dès le deuxième coup d'œil, les plus belles couleurs en paraissaient atones, et les trucs eux-mêmes, bientôt méconnaissables dans la chaleur de la maison, noirs, recroquevillés comme de la crotte de souris ou de rats et d'une heure sur l'autre couverts de moisissure.

Les trouvailles du père s'accumulaient, s'entassaient jusque dans la chambre à coucher des parents, étalées sur des journaux, coincées sous un microscope, suspendues à des cordes à linge par des pinces.

Auf sämtlichen glatten und waagrechten Flächen im Haus, sowie der Mann auf Geheiß seiner Frau seinen flächendeckend ausgelegten Waldkram endlich beiseitegeräumt hatte, blieben danach kreisförmige Staubmuster in den hundert möglichen Schmutzfarben zurück, angeblich die dem Angeschleppten entfallenen »Sporen«, die in der Folge unter ein Spezialmikroskop genommen und mit einem Spezialapparat photographiert wurden.

Ja, so erzählte die Mutter: Seit seinen ersten Funden damals trat Lucies Vater, bis dahin bescheidener Gärtner, mit einem Male als Wissenschaftler auf oder gab sich jedenfalls den Anschein. Die Wissenschaftlerin im Haus aber, das war sie, die gelernte Verbrechensgelehrte oder — »Kriminologin!« (rief Lucie dazwischen). Ob die Mutter gefürchtet hatte, vergiftet zu werden? Nein, das nicht. Da vertraute sie ihm. Doch als sich mit der Zeit jene sogenannten Sporenkreise auch noch über ihren Toilettentisch spannten, weiß in gelb und rot in schwarz über die gesamte Fläche der da liegenden Handspiegel, da bestimmte die Polizeichefin, daß das Haus von den dafür verantwortlichen Elementen zu säubern sei, und zwar umgehend, radikal und endgültig. (»Definitiv!« rief Lucie dazwischen.)

Eine Zeitlang versteckte der Vater dann seine Waldherrlichkeiten überall im Garten herum, unter den Gebüschen, im Geräteschuppen, undsofort.

Sur toutes les surfaces lisses et horizontales dans la maison, quand l'homme sur l'injonction de sa femme avait enfin rangé, étalé son encombrant bidule forestier, il restait des échantillons de poussière circulaires dans toutes les nuances de saleté possibles, prétendument les «spores» tombées de ce qu'il avait rapporté et qui par la suite étaient mises sous un microscope spécial et photographiées avec un appareil spécial.

Oui, racontait la mère : depuis ses premières trouvailles jadis, le père de Lucie, jusque-là modeste jardinier, se révéla d'un coup un scientifique, ou plutôt il s'en donnait l'allure. Mais la scientifique de la maison, c'était elle, une spécialiste du crime qui avait fait des études pour cela — «une criminologue !» (l'interrompit Lucie). La mère craignait-elle d'être empoisonnée ? Non, cela non. Elle avait confiance en lui. Cependant, lorsque avec le temps des cercles de spores s'étendirent jusqu'à sa table de toilette, blanc sur jaune et rouge sur noir, et recouvrirent toute la surface du miroir à main posé là, la commissaire de police décida que la maison devait être nettoyée des éléments qui en étaient responsables, et ce immédiatement, de façon radicale et une fois pour toutes («définitivement !» intervint Lucie).

Pendant quelque temps le père cacha ses merveilles de la forêt partout, dans le jardin, sous les buissons, dans la remise à outils et ainsi de suite.

Aber auch dort hatte die schöne Mutter sie bald aufgespürt und trat sie mit gezielten Fußtritten entweder durch die Hecke in den Wald zurück oder — »das ist freilich nur ein einziges Mal nötig gewesen« — »man zertrat sie«. Und es ging im Vorort das Gerücht, der Vater habe sich mit seinen Schätzen, samt Mikroskop und anderen Apparaten, abends auf den verlassenen Quai des kleinen Vorortbahnhofs begeben, oder er sei mit seinen Siebensachen zu den Handballspielen in die Sporthalle gegangen, den einzigen Stellen der Gegend, wo nachts ein helleres Licht brannte.

Lucie ihrerseits hatte die Anhängsel des Vaters von ihrem ersten bewußten Augenblick an verabscheut. Sie schob sie weg, sowie sie, noch ein Kleinkind, erstmals etwas wegschieben konnte. Sie stieß sie weg. Weg damit, sofort, aus meinen Augen! Wie unangenehm schon, wenn der Vater sie später dann von der Schule abholte und wartend, immer in der ersten Reihe, vor dem Schulzaun stand: Die andern in ihrer Klasse sollten ihn nicht sehen, jedenfalls nicht da dort, sollten sie nicht mit dem-da-dort sehen! Und unangenehmer noch, wenn der Vater sie nicht allein abholen kam, sondern zusammen mit andern, und noch unangenehmer, wenn diese andern, wie in der letzten Zeit immer öfter, Fremde waren, Ortsfremde, gar Landesfremde, mit denen der Vater sich in seiner ihr völlig unverständlichen Vatersprache unterhielt, in der Sprache seiner, laut Vater, »Mitflüchtlinge«:

Mais même là sa mère, si belle, eut tôt fait de les débusquer et de les renvoyer à coups de pied bien ajustés, par la haie, retour vers la forêt, ou bien — «cela ne fut nécessaire qu'une seule fois» — «on les écrasa». Et la rumeur courut la banlieue que le père était allé le soir sur le quai abandonné de la petite gare de banlieue muni du microscope et d'autres appareils ou qu'il était allé avec son attirail aux matches de handball dans la salle des sports, les seuls points de la région où la nuit brillait d'une lumière plus claire.

Lucie, dès le premier instant de conscience, avait eu horreur des médaillons du père. Elle les repoussa enfant la première fois qu'elle put écarter d'elle quelque chose. Elle les écarta. Que je ne voie plus ça, débarrassez-moi de ça! Comme c'était désagréable, quand son père, plus tard, venait la chercher à l'école et attendait, toujours au premier rang, devant la clôture de l'école : les autres de sa classe ne devaient pas le voir, il ne fallait en aucun cas qu'ils la voient avec celui-là, là-bas! Et plus désagréable encore, quand le père ne venait pas la chercher tout seul, mais avec d'autres et, plus désagréable encore, quand ces autres, de plus en plus souvent, ces temps derniers, étaient des étrangers, étrangers à la localité, étrangers même au pays, avec lesquels le père s'entretenait dans sa langue paternelle qui lui était complètement incompréhensible, dans la langue, disait son père, de ses «coréfugiés».

Kein Wort in dieser fremden Sprache, vor allem, wenn auch bloß ein einziger Hiesiger in Hörweite war! Und das Unangenehmste überhaupt: Wenn der Vater, erstens, wartend ganz vorne am Schultor stand, zweitens in Gesellschaft gleich mehrerer aus vollen Kehlen in dem fremden Kauderwelsch durcheinanderredender, sämtliches einheimische Sprechen übertönender Mitflüchtlinge, und, drittens, dazu noch, für jedermann in der Vorstadt schon auf zweieinhalb Meilen und gegen den Wind sichtbar und riechbar, alle seine Taschen ausgebeult und alle Hände voll hatte von seinen Wäldersattsamkeiten. Nicht bloß einmal war sie in so einem Fall, nach einem ersten Anlauf, gegen ihren Willen, hin zu dem Vater, zurückgewichen in den hintersten Winkel des Schulhofs und hatte sich ihm erst wieder genähert, wenn die Luft rein war: Mitflüchtlinge verabschiedet, Taschen in den Rinnstein geleert, Mitschüler alle abgeholt. »Vater — ich komme!«

Anders als die Mutter hatte Lucie von der Walderntе ihres Vaters nie auch nur ein einziges Produkt in den Mund genommen — bis auf jenes eine Mal, als sie in einem Buch las und nebenbei, versunken in die Lektüre, ein Stück Schokolade aß, wovon der Vater ihr dann sagte, sie habe gerade, ohne es zu wissen, erstmals von dem verabscheuten Zeug gekostet, und es habe ihr offenbar geschmeckt — wie hätte sie sonst mehrmals geschmatzt und sich die Lippen abgeleckt? Sie glaubte ihm freilich nicht.

1 *Dans la forêt de Fontainebleau*, peinture de Pierre-Auguste Renoir, Christie's Images, Londres.

« Quand il y avait des chemins dans cette forêt, c'était presque uniquement des chemins creux et un "chemin creux", c'était le mot de Lucie, "ça ne me dit rien". »

« *Lucie avait donc des cheveux bruns, en réalité, et des yeux gris. Mais elle aurait préféré avoir des cheveux noirs et les yeux verts, et aussi, et aussi, et ainsi de suite, tout au long de cette histoire.* »

2

2 Toulouse, 1991, photographie de Xavier Lambours.

3 Paris la nuit, 1994, photographie de Martine Voyeux.

3

4 Portrait, photographie de Valérie François.

5 Irlande, photographie de Valérie François.

« *Lucie vivait donc dans l'une des banlieues d'une gigantesque capitale, faites de tours d'habitation ; elle habitait avec ses parents dans une petite maison avec un grand jardin.* »

6 *Éclair physiognomonique (Physiognomischer Blitz)*, aquarelle de Paul Klee, 1927, New York, collection Saidenberg.

« *Oui, le père de Lucie était de temps en temps un trembleur : et c'était en particulier quand il voulait lui venir en aide pour quelque chose qu'il se mettait à trembler.* »

7

« *Et deuxièmement, Lucie voulait tout simplement que son père et sa mère soient ensemble. Et elle, Lucie, voulait être avec eux deux, exactement et uniquement avec ces deux-là !* »

8

9 Caen, prison, 1976, photographie de Jean Gaumy.

« *Beaucoup de choses, chez son père, étonnaient Lucie. Pourtant ce qui ne l'étonna pas un seul instant, c'est qu'il soit arrêté une nuit.* »

10 Exposition de modélisme, Margam Park, pays de Galles, photographie de David Hurn.

11 Misc, 1996, photographie d'Harry Gruyaert.

« De cette façon Lucie vit enfin la haute mer. Le canot s'appelait Dauphin. *Par bon vent, il plongea à travers la baie et en une grande boucle fit route vers la ville de banlieue. »*

12 Dans le bois, photographie de Xavier Lambours (détail).

« *Lucie faisait plus de trouvailles en forêt que son père, non seulement parce qu'elle était beaucoup plus petite et donc plus proche du sol, mais parce que là-dehors en un tournemain elle n'était plus que recherche, comme on n'est plus que tout ouïe ou tout œil.* »

Pas un mot dans cette langue étrangère, surtout quand quelqu'un d'ici était à portée de voix ! Et le plus désagréable de tout : quand le père, premièrement, se tenait tout devant, à la porte de l'école, deuxièmement en compagnie de plusieurs coréfugiés dont le baragouin étranger dominait toute parole d'ici, ils parlaient tous ensemble, à gorge déployée et, troisièmement, quand de plus il était visible et qu'on pouvait le sentir contre le vent, à deux milles et demi de distance, toutes ses poches rebondies et qu'il en avait plein les mains de ses garnitures forestières. Et ce n'était pas qu'une fois dans un tel cas, après un premier élan vers son père, elle s'était, contre sa volonté, retirée dans le coin le plus reculé de la cour d'école et ne s'était rapprochée de lui qu'au moment où la voie avait été libre : coréfugiés expédiés, poches vidées dans le caniveau, camarades d'école tous emmenés. « Père — j'arrive. »

À la différence de sa mère, Lucie n'avait jamais pris en bouche ne fût-ce qu'un seul produit de la récolte forestière de son père — à la seule exception de cette seule fois où, lisant un livre et plongée dans sa lecture, elle mangea un morceau de chocolat dont le père lui dit qu'elle avait sans le savoir, pour la première fois, goûté ce truc qui lui répugnait et que, visiblement, cela lui avait plu — car sinon comment aurait-elle clappé de la langue à plusieurs reprises et se serait-elle léché les lèvres ? Mais bien sûr elle ne le crut pas.

Und als der Vater ihr ein andermal etwas vorsetzte, was angeblich ein Mailänder oder Pariser oder New Yorker Schnitzel war, erkannte sie gleich mit dem ersten vorsichtigen Hineinbeißen, mit den Spitzen ihrer Zahnspitzen, daß — und schon den Teller weggestoßen.

Etwas ganz anderes war es, daß Lucie sich von klein auf mit den Dingsbums gut auskannte und zwischen deren ungezählten Arten und Unarten besser als die meisten Großen und im fraglichen Fall auch besser als der angeblich so kennerische Vater zu unterscheiden wußte und daß sogar die Namen der Waldbodenauswüchse ihr mit der Zeit geläufig waren, besonders die internationalen und die lateinischen : Sie war eben die Tochter ihrer Mutter, und das Wissenschaftliche lag ihr im Blut.

Und wieder etwas anderes war es, wenn Lucie, die doch nie bewußt oder gar freiwillig von einem der Dinger abgebissen hatte, deren Geruch und Geschmack auf eine solche Weise wiederzugeben wußte, daß dem Zuhörer, wenn ihm schon nicht das Wasser im Munde zusammenlief, so doch immerhin schön anders wurde : Sie war eben die Enkelin ihrer (hiesigen) Großmutter, die eine der berühmtesten Köchinnen des Landes gewesen war, ihr Portrait nicht nur ausgehängt in den berühmtesten Restaurants des Landes, sondern ihre gaumenphilosophischen Sprüche zierten die Speisekarten selbst in den heimischen Auto-bahnraststätten und Stehwirtshäusern.

Et lorsque le père, une autre fois, lui servit quelque chose, prétendument une escalope à la milanaise, à la parisienne ou à la new-yorkaise, dès le premier coup de dents prudent elle reconnut avec la pointe de ses dents que — et déjà l'assiette était loin.

Le fait que Lucie, depuis toute petite, s'y connaissait en ces innombrables machintrucs et savait mieux distinguer les comestibles et les non-comestibles que la plupart des grandes personnes, c'était tout autre chose et, dans le cas en question, même mieux que son père prétendument connaisseur, et même les noms de ces excroissances forestières lui étaient depuis le temps familiers, surtout les noms internationaux et les noms latins : finalement elle était la fille de sa mère et elle avait la science dans le sang.

Et c'était autre chose encore quand Lucie, qui jamais n'avait donné un coup de dents dans l'un de ces machins, de façon consciente ou volontaire, s'entendait à restituer leur odeur et leur goût, de telle manière que si l'eau n'en venait pas à la bouche de l'auditeur, du moins lui en était-elle toute changée : Lucie n'était-elle pas la petite-fille de sa grand-mère (d'ici) qui avait été une des cuisinières les plus célèbres du pays, son portrait n'était pas seulement accroché dans les restaurants les plus célèbres, mais ses adages de philosophie de bouche agrémentaient jusqu'aux cartes des restoroutes locaux ou des libres-services :

»Geruch junger Aprikosen mit einem Anhauch von Augusthaselnüssen im Moment ihres Aufgeschlagenwerdens, Zungenspitzengeschmack vordringlich nach Ingwerwurz mit einem Beiklang von Safran — nach dessen Verflüchtigungen im gesamten Gaumenbereich ein Sichausbreiten wie von zartestem Gansleberparfait...« (Lucie)

Zugegeben, daß es Lucie die wenigen Male, die sie als Kind mit ihrem Vater durch die Wälder kurvte, Spaß, nein, Freude machte, nach den Dingerchen Ausschau zu halten. Natürlich wog das keineswegs ihren kahlen, leeren Felsenberg auf. Aber es war immerhin etwas, es da, und da, und, schau!, da, und dort, und dort, und, schau!, dort auch, aus dem Waldboden gelb, rot, violett, rehbraun, apfelrose, birngrün hervorleuchten zu sehen. Überdies wurde sie jeweils schneller fündig als der Vater und fand auch mehr. Und dieses »Wer hat mehr?« spielte sie besonders gern. Es gab im übrigen nichts, an dem Lucie nicht auf der Stelle einen Ansatz oder Grund zum Spielen fand; kein Problem, das sie nicht alsbald, oft zur Erleichterung der Erwachsenen, verwandelte in ein Spiel, das auch eine Geschichte, ein Reim oder ein Lied sein konnte.

Lucie fand im Wald mehr als der Vater nicht bloß deshalb, weil sie so viel kleiner und dem Erdboden näher war, sondern auch, weil sie dort draußen im Handumdrehen ganz Suche wurde, so wie man ganz Auge und ganz Ohr wird.

«Odeur de jeunes abricots avec un rien de noi-settes d'août au moment où on les ouvre, à la pointe de la langue domine un goût de gingembre avec un fond de safran qui, après dispersion dans l'ensemble du palais, se répand comme le foie gras le plus fin...» (Lucie).

D'accord, les rares fois où, enfant, elle avait tourné dans les forêts avec son père, cela lui avait fait plaisir, l'avait même remplie de joie de repérer ces petites choses. Naturellement, cela ne compensait jamais sa montagne de roche nue et vide. Mais toujours est-il, c'était quelque chose, là et là et là encore, regarde, là-bas tu les vois luire jaunes, violets, marron, couleur de biche, rose pomme ou vert poire sur le sol de la forêt. Par-dessus le marché, elle faisait ses trouvailles plus vite et en trouvait plus que son père. Et elle aimait tout particulièrement jouer à «Qui en a le plus?». Il n'y avait d'ailleurs rien où Lucie ne trouvât pas raison ou prétexte à jouer : pas de problème qu'elle ne transformât, bientôt, en jeu, souvent au soulagement des adultes et cela pouvait aussi bien être une histoire, un vers ou une chanson.

Lucie faisait plus de trouvailles en forêt que son père, non seulement parce qu'elle était beaucoup plus petite et donc plus proche du sol, mais parce que là-dehors en un tournemain elle n'était plus que recherche, comme on n'est plus que tout ouïe ou tout œil.

Der Vater dagegen verstand nicht zu suchen. Entweder fand er bloß zufällig, oder sooft er mit etwas ganz und gar anderem beschäftigt war. Scharfe Augen zu bekommen erst auf diese Weise — war das überhaupt ein Erwachsenenproblem?

Denk groß!
sagte der Mann,
der Entdecker sein wollte.
Schau groß!
sagte das Kind
und entdeckte.

Die Ausrede des Vaters dafür, daß er so wenig fand, war die folgende: er müsse zu seinem Suchen unbedingt allein sein. In Gesellschaft sehe er rein gar nichts. Immerhin finde er neben ihr, Lucie, weit mehr als neben sonst wem. Sooft er zum Beispiel mit seinen Mitflüchtlingen auf die Suche gehe, komme er dann regelmäßig als der einzige mit fast leeren Händen aus den Wäldern, von dem einen Mal, da er gemeinsam mit Lionella gesucht habe, zu schweigen. Und wie immer brachte der Vater das in einem einzigen, derart langen Satz heraus, daß Lucie ihn erst verstand, als sie ihn später am Abend bei einem ihrer Einschlafspiele in mehrere kurze zerlegte.

Besonders eines hatte die Mutter veranlaßt, des Vaters Waldfundsachen aus Haus und Garten zu verbannen:

Le père, en revanche, ne savait pas chercher. Il trouvait simplement, par hasard, ou bien lorsqu'il était préoccupé par tout autre chose. Acquérir un œil aigu — était-ce même un problème d'adulte ?

> *Pense grand !*
> *dit l'homme,*
> *qui voulait être un découvreur.*
> *Vois grand !*
> *dit l'enfant*
> *et découvrit.*

L'excuse du père d'en trouver si peu était la suivante : pour sa recherche, il lui fallait absolument être seul. En compagnie, il ne voyait proprement rien. Toujours est-il qu'il trouvait avec elle, Lucie, bien plus qu'avec qui que ce soit d'autre. Chaque fois, par exemple, qu'il allait à la recherche avec ses coréfugiés, régulièrement, il était le seul à revenir des forêts les mains presque vides, sans parler de cette unique fois où il était allé en chercher avec Lionella. Et comme toujours, le père sortit cela en une seule phrase si longue que Lucie ne le comprit que lorsque plus tard elle la décomposa en plusieurs autres, le soir dans ses jeux pour s'endormir.

Une chose surtout avait incité la mère à bannir de la maison et du jardin les trouvailles forestières du père.

Das war der Forscherehrgeiz ihres Mannes, ein Buch zu verfassen über die Kleintierarten, die jeweils in den verschiedenen Gruppen und Familien seiner Dingsbums sich mit Vorliebe ansiedelten, einnisteten, vermehrten und ernährten. War es denn nicht »hochbemerkenswert« (so der Vater), daß es in der einen Spezies immer nur von den bestimmten *weißen* Maden mit den *braunschwarzen* Köpfchen wimmelte, in der zweiten Spezies dagegen immer nur von *roten* Feuerwanzen, in der nächsten in aller Regel einzig und allein von *Tausendfüßlern*, und in der vierten Kategorie exclusiv von den *spitzzangigen Ohrenschlüpfern*? Eine jede der aberhundert Dingsbumssorten mit ihrem eigenen, naturgesetzlichen Gastvolk, dem das Dingsbums als Freß- und Aufzuchtsbereich diente! War das nicht eine große Untersuchung wert? Wer mit wem?

Während nun aber die Mutter zu den verschiedenen, mitsamt ihrem Wirtsding vom Vater ins Haus geschleppten Kleinvölkern sagte: »Nicht mit mir!«, gehörte es zu Lucies wenigen Freuden dort im Wald, zu zweit in den jeweiligen Fundstücken nachzuschauen, ob darin so ein Volk hauste, und wenn, ob es auch in der Tat das vom Vater für diese Sorte vorausgesagte war. Sie wetteten. Und das war dann eine der Wetten, die er fast immer gewann und die Lucie den Vater auch, ausnahmsweise fast mit Vergnügen, gewinnen ließ. Im übrigen brach ihr der Mensch draußen im Wald seltener »die Füße« als im Haus, oder im Vorort, oder gar unten in der Hauptstadt.

L'ambition de savant de son mari était de rédiger un livre sur les espèces de petits animaux qui s'établissaient, se nichaient, se nourrissaient et se multipliaient de préférence dans les divers groupes et familles de ses machintrucs. N'était-ce pas «hautement remarquable» (expression du père) que dans une espèce cela grouillât d'une seule sorte déterminée de grosses larves *blanches* avec de petites têtes *noir marron,* dans la deuxième en revanche d'une seule espèce de blattes rouges, dans la suivante en règle absolue uniquement de *mille-pattes* et dans la quatrième catégorie exclusivement de *perce-oreilles à pinces pointues*? Et chacune des centaines et centaines de sortes de machinchouettes avec sa propre population hôte spécifique à laquelle ces machintrucs servaient de garde-manger et de zone d'élevage! Cela ne valait-il pas une recherche approfondie? Qui allait avec qui?

Alors que la mère disait à toutes ces mini-populations traînées en pleine maison avec leurs machins-habitats : «Pas avec moi! », l'un des rares plaisirs de Lucie c'était, là-bas dans la forêt, de regarder à deux dans les trouvailles faites, pour voir si une population y était lotie et, en ce cas, de voir si c'était celle prédite par le père. Ils pariaient, et ça c'était un de ces paris qu'il gagnait presque toujours et que par exception Lucie laissait avec plaisir son père gagner. D'ailleurs, ce type lui «cassait les pieds» plus rarement en forêt qu'à la maison ou même, en bas, dans la capitale.

Auch wenn so ein Volk seinen Wirtsherrn schon verlassen hatte, zeigte sich, sowie sie beide das Ding dann entzweischnitten, daran des bestimmten Volkes Zusammenlebens-, Brut- und Wandermuster — wenn das Volk verschwunden war, oft sogar klarer. Sie studierten dieses Muster wie eine Landkarte : Straßen, Seitenwege, Verzweigungen, Quellen, Flüsse, Kanäle und künstliche Höhlen. Und mit der Zeit konnte Lucie auch augenblicklich das da eingezeichnete Land benennen, will sagen, das besondere Volk, das da einmal zu Hause gewesen war. »Dieses Dingsda war die Heimat der Goldkäferchen. Und das war Glühwürmchenbereich. Und das jetzt ist Schlangenwurmland. Und das da Skarabärien!«

Es kam aber auch vor, daß die zwei Forscher im Innern eines der Dinger weder Volk noch sonst ein Getümmel oder dessen Spuren entdeckten, sondern nichts als ein Einzelnes, ein Einzeltier, ein Einzelwesen.

Und so hockte eines Tages in wieder einem Dickfuß, in einer kleinen, verborgenen Seitenhöhle, eine stille, rundliche, schwarzglänzende Gestalt. Ein Käfer? Eine Grille. Und sie hatten vorher schon, ausnahmsweise einmal beide auf dasselbe, auf eine solche gewettet! Aus dem Innern des Dickfußes war nämlich ein Zirpen gekommen. Und was tat die Grille jetzt? Sie schlüpfte stumm in eine Höhle *hinter* der Höhle.

Et même quand un pareil peuple avait déjà quitté son hôte, dès qu'ils eurent, tous deux, coupé l'objet par le milieu, ils voyaient les échantillons de la vie d'ensemble, de la genèse et des trajets de ce peuple — quand il avait déjà très visiblement disparu. Ils en étudiaient le tracé comme une carte géographique : routes, chemins, embranchements, sources, fleuves, canaux et cavernes artificielles. Et avec le temps, Lucie pouvait même, instantanément, nommer le pays qui était là, inscrit, ou plutôt le peuple particulier qui avait été là chez lui, à un moment donné. « Ce machin-là, c'était le pays des carabes dorés. Et ça, le domaine des vers luisants. Et ça le domaine des lombrics. Et ça, c'est la Scarabérie ! »

Il arrivait aussi que les deux chercheurs ne trouvent à l'intérieur des machins ni peuple, ni remue-ménage quelconque, ni trace de celui-ci, mais rien d'autre qu'un isolé, un animal tout seul, un solitaire.

Un jour, dans un de ces gros-pieds, dans une petite caverne latérale, se tenait une silhouette cachée immobile, ronde, d'un noir brillant. Un insecte ? Un grillon. Déjà, ils avaient l'un et l'autre parié dessus. De l'intérieur du gros-pied était parvenu un crissement. Et qu'est-ce que le grillon faisait maintenant ? Il se glissait silencieusement dans une caverne *derrière* la caverne.

Eins wunderte Lucie bei ihren spärlichen Waldgängen mit dem Vater im Lauf der Zeit am meisten: Daß der Mann sich ständig irrte — sich in einem fort nach dem und jenem Schatz oder Flitter bückte, und dann war das in Wirklichkeit wieder nur ein Steinchen, ein Blatt, eine Eichel oder sonst etwas. Und es wunderte sie zusätzlich, daß der Vater, obwohl er seinen Irrtum längst erkannt hatte, nicht kurzweg weitersuchte, sondern ein jedesmal fast schulstundenlang vor dem Blatt, dem Stück Rinde, der Waldblume, dem Moospolsterchen stehenblieb, die Verwechslung ausführlich umkreiste, einen Schritt und dann mehrere Schritte zurücktrat und vor dem Irrtumsstück sogar in die Hocke ging und es beäugte durch seine Lupe. Und Lucie wunderte und wunderte sich, wenn ihr Vater mitten im Suchen sein Zickzack quer durch die Wälder unversehens abbrach, innehielt und eine Ewigkeit nur noch hinauf in die Baumkronen blickte, mit Vorliebe dorthinauf, wo gerade die für diese Wälder typischen Wildtauben aufflogen. Er stand, schaute und horchte. Nur brach er dann sein Schauen und Horchen genauso plötzlich wieder ab und schaute und horchte ganz woandershin.

»Nie suchst du zuende!« sagte Lucie bei ihrem vorläufig letzten gemeinsamen Weg durch den Wald. »Und du schaust auch nie zuende. Und du hörst auch nicht zuende. Nichts machst du zuende. Das ist doch kein Suchen. Und folglich ist es auch kein richtiges Finden!«

Ce qui, au fil du temps, étonna le plus Lucie, lors des rares marches en forêt avec le père, c'était que cet homme se trompait constamment — ne cessant de se pencher vers tel ou tel trésor ou tel reflet et une fois encore ce n'était qu'un caillou, une feuille, un gland ou quelque chose comme ça. Et ce qui l'étonnait, de plus, c'était que le père, bien qu'il eût depuis longtemps reconnu son erreur, ne se remettait pas à chercher aussitôt, mais restait, chaque fois, presque des heures durant, debout devant la feuille, le bout d'écorce, la fleur des bois, le petit matelas de mousse, faisait abondamment le tour de son erreur, reculait d'un pas, puis de plusieurs, s'accroupissait même et la contemplait avec sa loupe. Et Lucie s'étonnait et s'étonnait quand son père, au milieu de ses zigzags, en pleins bois, cessait de chercher d'un coup, restait sur place, et une éternité durant ne faisait que lever la tête vers les couronnes des arbres d'où s'envolaient les pigeons sauvages, typiques de cette forêt. Il était debout, regardait, écoutait. Seulement, il interrompait sa contemplation ou son écoute tout aussi brusquement et regardait et écoutait tout à fait ailleurs.

«Tu ne cherches jamais jusqu'au bout!» dit Lucie lors de leur bout de chemin en commun à travers la forêt, pour l'instant, le dernier. «Et tu ne regardes jamais jusqu'au bout. Et tu n'écoutes pas jusqu'au bout. Tu ne fais rien jusqu'au bout. Ce n'est pas chercher, ça. Et par conséquent ce n'est pas non plus vraiment trouver!»

Der Vater antwortete (Vorsicht, Langsatz!):
»Indem ich das bestimmte Ding, das ich hier
suche, fortwährend mit diesem und jenem anderen verwechsle, gibt mir das die Gelegenheit, dieses andere, den Stein, das Blatt, die Rinde, die
Wurzel, das Moos, auf eine Weise in Augenschein
zu nehmen, wie ich das ohne die Verwechslung,
beziehungsweise meinen Irrtum, niemals getan
hätte, mit der Folge, daß mir sowohl einerseits
das verwechselte Ding, wie jetzt hier diese gelbe
Herbstschnecke, als auch andererseits Dasjenige,
womit ich die Schnecke, Dasjenige suchend, auf
den ersten Blick verwechselt habe, genauer und
schärfer vor Augen gerät — das Verwechselte, in
dem vorliegenden Fall die Schnecke, vor mein
sinnliches Auge — das Gesuchte (Dasjenige) vor
mein geistiges oder inneres Auge, was beides
zusammen zuletzt, anhand meines nun zweifach
geschärften Blicks (dem nach außen auf das
anwesende, dem nach innen auf das abwesende
Ding) zu jener Art der Betrachtung führt, welche
der Philosoph und Wissenschaftler Pythagoras
IRRTUMSBETRACHTUNG nannte und die er seinen Schülern nahelegte als die natürlichste und
beste Methode, die Dinge der Welt miteinander
zu vergleichen, voneinander zu unterscheiden
und an einem jeden einzelnen seine Wesensmerk-
male zu erkennen.«

Hier machte der Vater endlich einen Punkt,
fuhr aber dann fort:

Le père répondit (attention, phrase longue !) : « Dans la mesure où je confonds l'objet précis que je cherche continuellement avec tel ou tel autre, cela me donne l'occasion d'attacher mon regard à cet autre objet, le caillou, la feuille, l'écorce, la racine, la mousse, d'une façon dont je ne l'aurais jamais fait sans mon erreur, précisément, sans cette confusion avec pour conséquence que d'une part l'objet confondu, comme l'escargot d'automne jaune que voici, ou ce que je cherchais et avec quoi j'ai confondu, à première vue, cet escargot, prend plus de précision, des contours plus nets sous mes yeux — cela fait que ce que j'ai confondu, dans le cas présent l'escargot, et ce que je cherchais (cela même) prend pour mon œil spirituel ou intérieur une double unité, grâce à mon regard doublement aiguisé (celui vers le dehors sur ce qui est là, celui vers le dedans sur l'objet absent), ce que le philosophe et savant Pythagore nommait CONTEMPLATION ERRONÉE et qu'il exposait à ses élèves comme la méthode la plus naturelle et la meilleure pour comparer et distinguer les objets du monde et reconnaître chacun à ses caractéristiques. »

Ici le père mit enfin un point, mais reprit ensuite :

»Wildtaubenschwärme, Vögel ständig auf der Flucht, Flügelschlag wie ein Gewehrknattern, dann eine Salve, dann ein Kichern, dann der Federnregen von den Fluchtbäumen, Fluchten jedesmal gleich wieder abgebrochen, im nächsten Baum gleich wieder Stillhocken, und noch vor dem ganz Stillwerden da das Weiterflüchten, graue, blaue Splitter im Waldhimmel oben, Geschoßsplitter? Märchensplitter? und schon wieder verschwunden im nächsten Fluchtbaum, so kleine, kleine Fluchten jeweils, und so kurze, kurze Rasten jeweils, und so den ganzen Tag und so das ganze Jahr lang auf der Flucht, und immer im Kreis, im selben kleinen Waldkreis, nie zuende geflüchtet, nie zuende geruht auf all den Fluchten, Flügelschlaggranatsalve, dann Gefiedergekicher, dann Federnfallen, grau, blau, grau, blau, und sonst nie auch nur ein einziger Laut von all diesen Wildtauben, einzige Vögel im Wald, von denen noch keinmal ein Laut hörbar wurde, kein Ruf, kein Schrei, kein Lied, kein Gurren, nichts als das Fluchtflattern, Fluchten an Ort und Stelle, kaum eine Flügelbreite weg, und derart flüchtend überleben sie, denn die Jäger suchen sie jeweils woanders, Fluchtvögel, laßt mich mitflüchten!«

Auch das ein vaterüblicher Langsatz, womöglich noch unsinniger als all die vorangegangenen. Nur konnte Lucie diesem da ausnahmsweise einmal bis zum Ende folgen. Weil sie ihn draußen im Wald hörte? Oder gerade, weil er so unsinnig war?

« Vols de pigeons sauvages, oiseaux toujours en fuite, battements d'ailes comme des coups de fusil, puis une salve, puis un ricanement, puis les plumes qui pleuvent des arbres d'où ils prirent la fuite, fuite aussitôt interrompue, pause, dès l'arbre suivant et avant même de rester immobile cette fuite qui continue, éclats gris, bleus dans le ciel de forêt, en haut, éclats d'obus ? éclats de légendes ? et déjà disparus à la prochaine fuite d'arbre ; de petites, de si petites fuites, chaque fois, et de si courts répits, et ainsi la journée durant et toute l'année durant et toujours en rond, dans le même petit rond de forêt, et jamais de fuite jusqu'au bout et jamais de repos jusqu'au bout, lors de toutes ces fuites, salves-de-coups-d'ailes, puis friselis de duvet et chute de plumes, gris, bleu, gris, bleu, et sinon jamais le moindre bruit de tous ces pigeons sauvages, quelques oiseaux dans la forêt dont on n'entendait pas le moindre cri, pas d'appel, pas de chant, pas de roucoulement, rien que volettement de fuite, fuite en lieu et place, à une aile de distance, à peine et fuyant de cette manière, ils survivent car les chasseurs les cherchent toujours ailleurs, oiseau de fuite laisse-moi fuir avec toi. »

Cela aussi une longue phrase paternelle coutumière, si possible plus insensée encore que toutes les précédentes. Sauf que par exception, cette fois, Lucie put la suivre jusqu'au bout. Parce qu'elle l'entendit dehors dans la forêt ? Ou parce que justement elle était à ce point dénuée de sens ?

Oder weil der Vater dabei ins Singen gekommen war?

Und wann kommt nun endlich die Geschichte? Was ist hier Sache? Loslegen, bitte. Und Schluß mit den langen Sätzen. Nie mehr lange Sätze. Nirgends mehr.

Auch das Bisherige war doch schon die Geschichte. Und dem, was nun folgt, entsprechen ohnedies fast nur noch Kurzsätze. Hoffentlich. Denn man kann nie wissen. Keine Geschichte läßt sich ja vorausplanen. Gott sei Dank. Und keine Geschichte erzählt sich von allein. Leider Gottes.

Lucie, wie gesagt, wunderte an ihrem Vater vieles. Doch was sie dann keinen Moment lang wunderte, war, daß er eines Nachts verhaftet wurde. Sie lag schon im Bett. Das Licht war aus. Das Zimmer war nicht finster. Sie schlief nicht. Sie fühlte sich wach wie noch nie. Sie »spielte Welt«. (Sie wollte mir aber nicht sagen, was das für ein Spiel war, wiegte nur den Kopf und begann, im Sitzen, zu tanzen.) Ohne daß es an der Tür geläutet hatte, stand sie auf und stieg die Treppe hinunter ins Wohnzimmer. Die zwei Polizisten hatten dem Vater schon die Handschellen angelegt. Alle Lampen im Haus waren an. Der Vater trug einen langen Mantel. War es denn schon Winter? Wo war die Mutter? Sie hatte Nachtdienst in der Nachbarstadt? Sonst hätte sie, die Chefpolizistin, die Verhaftung doch verhindert?!

Ou parce que le père s'était en même temps mis à chanter ?

Et l'histoire, quand va-t-elle enfin arriver ? De quoi est-il question ici ? Allons-y, s'il vous plaît. Et finies les longues phrases. Plus jamais de longues phrases. Plus jamais nulle part.

Et même, ce qui est arrivé jusqu'ici, c'est déjà cette histoire. Et de toute façon, rien que des phrases courtes vont avec ce qui va suivre. Espérons-le. Car on ne peut jamais savoir. Aucune histoire ne peut se planifier d'avance. Dieu merci. Et aucune histoire ne se raconte toute seule. À Dieu ne plaise.

Beaucoup de choses, chez son père, étonnaient Lucie. Pourtant ce qui ne l'étonna pas un seul instant, c'est qu'il soit arrêté une nuit. Elle était déjà au lit. La lumière éteinte. La chambre n'était pas obscure. Elle ne dormait pas. Elle se sentait éveillée comme jamais. Elle « jouait au monde ». (Mais elle ne voulait pas me dire quelle sorte de jeu c'était, elle balançait seulement la tête et se mettait à danser, assise.) Sans qu'on ait sonné à la porte, elle se leva et descendit l'escalier, jusqu'à la salle de séjour. Les deux policiers avaient déjà mis les menottes au père. Toutes les lumières dans la maison étaient allumées. Le père portait un long manteau. Était-ce déjà l'hiver ? Où était sa mère ? Elle était de service de nuit dans la ville voisine ? Sinon, elle, chef de police, aurait bien empêché l'arrestation ?

In der Tür drehte sich der Vater noch einmal um, genau so, wie er beim Verlassen des Waldes sich regelmäßig noch einmal umdrehte. Und die paar Schritte draußen zum vergitterten Wagen ging er rückwärts, genauso, wie er nach dem Verlassen der Wälder draußen auf den Vorstadtstraßen noch eine Zeitlang rückwärts ging. Die Frau in Uniform, die neben dem Polizeifahrer saß, sah der Mutter zwar leicht ähnlich. Aber sie war dann klar jemand ganz anderer.

Das Weitere wußte Lucie nur vom Hörensagen. Der Vater wurde unten in das große Gefängnis der Hauptstadt gesperrt. Er hatte angeblich zusammen mit seinen Mitflüchtlingen ein Verbrechen gegen das Oberhaupt des hiesigen Landes geplant, eine Entführung oder etwas noch Schlimmeres. Dieses Oberhaupt war, was Lucie — sie begann sich allmählich wieder zu wundern — gar nicht gewußt hatte, ein König. Von einem König hing doch kein Bild in der Schulklasse. Jedenfalls sollte dem Vater und seinen Mitflüchtlingen gleich am folgenden Tag der Prozeß gemacht werden, und das Urteil stand schon fest : der Tod. Und noch einmal mußte Lucie sich da wundern : War es denn möglich (»ein Ding der Möglichkeit«, wie ihr Vater sich ausdrückte), daß ein Mensch nicht nur sterben mußte, sondern daß darüber hinaus Menschen andere Menschen aus der Welt schafften und zunichte machten? Und diesmal wunderte sich Lucie wie noch keinmal in ihrem bisherigen Leben. Sie wunderte sich schrecklich.

À la porte, le père se retourna encore une fois, exactement comme il se retournait régulièrement en quittant la forêt. Et les quelques pas en direction de la voiture grillagée, il les fit à reculons, exactement comme, après avoir quitté les forêts, là-bas, il allait encore un temps, à reculons, dans les rues de la banlieue. La femme en uniforme, assise à côté du chauffeur, ressemblait légèrement à la mère. Mais évidemment, c'était quelqu'un d'autre.

Le reste, Lucie ne le sut que par ouï-dire. On enferma le père, en bas dans la grande prison de la capitale. Il paraît qu'avec ses coréfugiés il avait projeté un crime contre le chef de l'État, un enlèvement ou même pire. Ce chef d'État était, ce que Lucie — une fois encore elle fut étonnée — ne savait pas du tout, un roi. Pourtant, il n'y avait pas de portrait de roi accroché dans sa classe. En tout cas le père et ses coréfugiés devaient être jugés dès le lendemain, et le verdict était déjà certain : la mort. Et une nouvelle fois Lucie fut prise d'étonnement. Était-ce donc possible («une chose possible», comme s'exprimait son père) qu'un être humain, non seulement dût mourir, mais qu'en plus des êtres humains en suppriment et en anéantissent d'autres ? Et Lucie s'étonna, comme jamais encore dans sa vie, mais cette fois son étonnement fut terrible.

Die Mutter war inzwischen endlich vom Dienst heimgekommen. Lucie brauchte ihr nichts zu erzählen : Sie wußte schon alles. Sogar ihre sonst so wunderbare, vollkommene usw. Mutter hatte ihrem Kind Lucie vorher von Zeit zu Zeit »die Füße gebrochen«, war ihr auf die Nerven gefallen, und zwar in einer einzigen Angelegenheit : Sooft sie vom Verbrecherfang, oder was es war, heimkam, hatte sie zu singen angefangen, aus Leibeskräften, kreuz und quer, auf und ab durch das ganze Haus, und immer stockfalsch. Wenn die Polizistin so falsch sang, hieß sie bei Lucie insgeheim statt Lionella Strongfort : »Lionella Fußbrecher«. Diesmal aber blieb die Mutter still — fürs nächste, für lange Zeit.

Noch nie übrigens war Lucie die Zeit so lang geworden wie in dieser Nacht. Lionella ging sich umziehen und zog sich dann noch einmal um, und dann noch ein drittes Mal. Auch der Vater, laut Hörensagen, zog sich um, mußte sich umziehen, mußte sich umziehen zum Sterben. Zuvor wurde er ausführlich geduscht, mit Schläuchen durch die Zellentür, warm und dann kalt.

La mère entre-temps était enfin revenue du service. Lucie n'eut pas besoin de lui raconter. Elle savait déjà tout. Même sa mère, si merveilleuse, parfaite, etc., de temps en temps lui avait, à son enfant Lucie, « cassé les pieds », lui avait tapé sur les nerfs et ce en une seule occurrence : chaque fois qu'elle revenait d'une capture de bandit ou quelque chose comme ça, elle s'était mise à chanter, de toutes ses forces, à travers la maison entière, allant et venant, montant et descendant, et toujours faux. Quand la policière chantait faux à ce point, en secret Lucie l'appelait, au lieu de Lionella Strongfort, « Lionella Casse-pieds ». Mais cette fois la mère resta silencieuse — pour le moment, pour longtemps.

Jamais d'ailleurs le temps n'avait paru aussi long à Lucie que cette nuit-là. Lionella partit se changer puis se changea encore une fois et puis encore une troisième fois. Le père aussi, à ce qu'on entendait dire, se changea, fut obligé de se changer, fut obligé de se changer pour mourir. Auparavant, il fut abondamment douché au jet, à travers la porte de la cellule, à l'eau chaude d'abord, puis froide.

Und ein Dampfer fuhr unterdessen gemächlich am fernsten Horizont, von einem Ende der Bucht zum andern, nachtlang hin und her, auf einer Vergnügungsfahrt mit Feuerwerk, und im Wald grub sich ein neuzugelaufener Fuchs einen zwölf- oder gar sechzehngängigen Bau, und als Lucie auf die Küchenuhr schaute, waren dort inzwischen gerade erst drei Minuten vergangen. Seltsamstes und unheimlichstes aller Wörter, dieses »Und«.

Endlich aber fing nun die Mutter zu singen an. Sing, Mutter, sing. Meinetwegen auch rabenkrähenfalsch. Sing, so falsch du kannst. Und Lucies schöne Mutter, endlich umgezogen, in einem bodenlangen, mitternachtsblauen Kleid, hohen dünnen Absätzen — etwas an ihr ziemlich Neues —, mit auf die breiten Schultern fallenden Haaren — etwas an ihr ganz Neues —, mit einem Lucie noch nie aufgefallenen Rotschimmer in den Haaren, sang : freilich nicht lauthals wie üblich, sondern leise, herzlich leise, und auch ganz und gar nicht falsch. Zum ersten Mal sang die heimgekehrte Kriminalchefin richtig. Oder sang sie vielleicht so falsch wie seit je? Ja. Aber dieses leichte Falschsingen war das schönste Singen, das Lucie je gehört hatte. Je länger sie hinhörte, desto richtiger kam ihr dieser falsche Gesang da vor — mehr als bloß richtig. Die Mutter war zu einer zünftigen Sängerin geworden. Und wie schön sie so war — anders schön.

Et pendant ce temps-là, un navire allait et venait, posément, à l'horizon le plus lointain, d'un bout de la baie à l'autre, la nuit durant, en voyage d'agrément avec feu d'artifice et, dans la forêt, un renard nouveau venu était en train de se creuser un terrier à douze ou même seize galeries et, lorsque Lucie regarda la pendule de la cuisine, il ne venait d'y passer que trois minutes. Le plus étrange et inquiétant des mots, ce « et ».

Mais enfin la mère se mit à chanter. Chante, mère, chante et chante, aussi faux qu'un corbeau-corneille, si tu veux, aussi faux que tu peux. Et la mère de Lucie, belle, qui s'était changée, robe longue bleu nuit, talons hauts et étroits — chez elle quelque chose de passablement nouveau —, avec ses cheveux qui lui tombaient sur ses larges épaules — quelque chose de tout à fait nouveau —, avec une lueur rouge dans ses cheveux qu'elle n'avait encore jamais remarquée, la mère chantait, non pas à tue-tête comme de coutume, mais doucement, doucement avec tendresse, et même pas faux du tout. Pour la première fois, rentrée chez elle, la commissaire de police en chef chantait juste. Ou peut-être chantait-elle aussi faux que d'habitude ? Oui. Mais cette façon de chanter faux avec légèreté était la plus belle manière de chanter que Lucie ait jamais entendue. Plus elle écoutait, plus ce chant, bien que faux, lui semblait juste — et plus que simplement juste. La mère était devenue une chanteuse en titre. Et comme elle était belle — autrement belle.

Obwohl sich Lucie in einem Nebenraum befand, war ihr das Gesicht der Mutter zum Staunen nah, besonders die Augen. In deren schwarzer Mitte war ein Pulsen, ebenso wie es Lucie einmal in einem Schulfilm über einen gerade entstehenden Stern oder Planeten gesehen hatte. Das ist also das Gesicht meiner Mutter! dachte Lucie in der Nacht. In den Augen des Vaters dagegen, in dieser Nacht ebenfalls staunensnah, pulste es kaum. Die schwarzen Kreise waren in dem grellen Gefängnislicht bloße Punkte. Und doch waren das da wie dort Augen, hauptsächlich Augen, reine Augen, Augen, die zum Beispiel ganz und gar keine Rabenaugen waren, nichts zu tun hatten mit Falken-, Reh-, Schweins- oder Hasenaugen. Es waren DIE AUGEN.

Mit diesem Augenblick tat sich, sprang, schnellte in Lucie eine bisher unbekannte Ader auf. Eine neue Ader. Eine Zusatzader. Eine starke Ader. Und sie lief aus dem Haus und machte sich auf den Weg.

Zuerst einmal zog sie einen großen Bogen durch die Wälder. Es war dort tief dunkel. Doch dieses Dunkel war seltsam klar. Die Sterne glommen oder blinkten, je nach Windstille oder Wind. Dazwischen funkte es von den ersten Flugzeugen.

Bien que Lucie se trouvât dans une pièce latérale, le visage de la mère lui était étonnamment proche, les yeux surtout. Dans le centre noir de ceux-ci, il y avait une pulsation comme celle que Lucie avait vue dans un film scolaire sur une étoile ou une planète en formation. Alors c'est donc ça le visage de ma mère ! pensa Lucie pendant la nuit. Dans les yeux du père en revanche, également étonnamment proches pendant cette nuit, il n'y avait guère de pulsations. Les cercles noirs des yeux dans la lumière crue de la prison étaient seulement des points. Et pourtant, là-bas, comme ici, c'étaient des yeux, surtout des yeux, purement des yeux, yeux qui n'étaient pas, mais alors pas du tout, par exemple, des yeux de corbeau, qui n'avaient rien à voir avec des yeux de vautour, de biche, de cochon ou de lapin. C'étaient LES YEUX.

En un clin d'œil une artère se dessina, jaillit, courut en Lucie, une artère inconnue jusque-là. Une artère nouvelle, une artère supplémentaire, une artère forte. Et elle sortit de la maison en courant et se mit en route.

D'abord, elle fit une vaste boucle en pleine forêt. L'obscurité y était profonde. Pourtant cette obscurité était étrangement lumineuse. Les étoiles brillaient et scintillaient, selon les pauses ou les souffles du vent. Par intervalles on voyait clignoter les premiers avions.

Hier und da waren auch bereits die Sucher unterwegs, freilich nicht solche nach dem Dingszeugs, vielmehr regelrechte Schatzsucher, wie das in letzter Zeit in Mode gekommen war. Diese neuartigen Schatzsucher spürten mit Sonden den in den Vorstadtwäldern vergrabenen oder auch da bloß versunkenen Metallen nach, gruben an den verdächtigen Stellen mit Spezialspaten Riesenlöcher in die Erde und waren zuletzt schon zufrieden und vielleicht sogar abenteuerstolz, wenn das verrostete Scheibchen unten an der Wurzel des mitausgegrabenen Busches einmal statt des üblichen Messingknopfes eine kleine, vor einem halben Jahrhundert verlorene, längst ungültige und als Sammlerstück wertlose Kleinstmünze war. Ängstigte sich Lucie, das Kind, vor diesen nächtlichen Suchern? Nein, sie war eine, die »es nicht kalt an der Nase hatte« (eine Vorstadtredensart für »furchtlos sein«).

Die Sucher beachteten Lucie außerdem gar nicht. Überhaupt kam sie selber sich unsichtbar geworden vor, gleich mit dem Betreten des Waldes. In diesen war sie, anders als üblich durch die Hecke hinterm Haus, gegangen durch ein ihr fremdes, altertümliches Steintor, an dem die dicken Steine links und rechts die Form von Löwenköpfen hatten. Erstmals bewegte sie sich auf diese Weise allein durch die Wälder und hatte dabei doch das Gefühl, wie noch nie in Begleitung zu sein.

Çà et là les chercheurs étaient déjà en route, certes pas les chercheurs de ces trucs-machins, bien plutôt de véritables chercheurs de trésors, comme c'était, il y avait peu, devenu la mode. Ces chercheurs de trésors d'un nouveau genre fouillaient les forêts de banlieue avec des sondes, à la recherche de métaux enfouis ou seulement enfoncés, ils creusaient en des endroits suspects des trous gigantesques avec des pelles spéciales et ils étaient déjà satisfaits ou même fiers comme des aventuriers quand en bas, à la racine du buisson, la petite plaque rouillée, déterrée, au lieu du bouton de maillechort habituel, était une piécette perdue il y a un demi-siècle et sans valeur pour un collectionneur. Lucie, l'enfant, avait-elle peur de ces chercheurs nocturnes ? Non, elle était de celles qui « n'avaient pas froid aux yeux » (une expression de la banlieue pour « n'être pas craintif »).

Les chercheurs, de plus, ne prêtèrent aucune attention à Lucie. Dès l'entrée en forêt, elle s'était d'ailleurs sentie devenue invisible. Autrement que d'habitude, au lieu d'y pénétrer par un trou dans la haie, derrière la maison, elle était passée par un ancien portail de pierre qui lui était inconnu et dont les gros moellons, à droite et à gauche, avaient la forme de têtes de lion. Pour la première fois, elle se déplaçait toute seule en forêt et avait, comme jamais, la sensation d'être accompagnée.

Ja, es war Winter. Doch Lucie war es weder kalt noch auch warm. Und eigentlich hätten, laut Wissenschaft, zu dieser Zeit längst keine Du-weißt-schon-was mehr in den hiesigen Hemisphären wachsen dürfen. Für deren unverbesserliche Liebhaber wurden sie auf die einheimischen Märkte gekippt aus Südafrika oder Chile, wo gerade Sommer oder Herbst war. Einzig den Amerikanern war, wie üblich, und so zuletzt auch in diesem Fall, die Kunsterzeugung geglückt, und demgemäß schossen dort jenseits des Meeres in tausend naturimitierenden Laboratorien die in sämtlichen Lehrbüchern unter allen Hervorbringungen der Erde als die einzig unzüchtbar geltenden Du-weißt-schon-was flächendeckend aus ihrer künstlichen Unterschicht aus Pferdemist, Eichelmulm und Maronenmoder und trafen mit chirurgischer Präzision megatonnenweise die geheimsten Herzenswünsche der Weltmarktkonsumenten. (Bei diesem Satz tat merklich der abwesende Vater mit.)

Lucie aber hatte es in der Ader gespürt: Trotz der Nacht und trotz der Jahreszeit würde sie nun die Dingsbums finden, und nicht auf dem Markt, sondern draußen im Freien, im Freien, im Freien. Und sie fand sie, tief-tief unterm tiefsten Laub, dabei nah-nah an einem Waldkinderspielplatz. Und sie fand sie, ein ganzes Schock, Riesen und Zwerge und Normalgrößen, so schnell, daß sie nicht einmal Zeit hatte, sich zu wundern. Mit ihnen im Arm, sagte sie zunächst nur:

Oui, c'était l'hiver. Pourtant Lucie n'avait ni chaud ni froid. Et en réalité, à cette époque de l'année, à ce que disait la science, il n'aurait plus dû pousser de tu-sais-bien-quoi dans cet hémisphère. Pour les incorrigibles amateurs de ceux-ci, on en déversait d'Afrique du Sud ou du Chili où c'était justement l'automne ou l'hiver, sur les marchés locaux. Comme de coutume les seuls Américains en avaient réussi la production artificielle et, comme il se devait, ils surgissaient dans des milliers de laboratoires, par-delà les mers, imitant la nature, si bien que ces tu-sais-quoi, qui dans tous les manuels étaient réputés les seules productions de la terre à ne pouvoir être cultivées, couvraient des surfaces entières de sous-couches de fumier de cheval, de débris de glands de chêne et de marrons décomposés et, avec une précision chirurgicale, ils satisfaisaient par méga-tonnes les plus chers désirs des consommateurs du monde entier. (Cette phrase-là, le père absent y avait contribué.)

Mais Lucie l'avait senti dans ses veines : malgré la nuit et la saison, elle allait trouver les machin-trucs, et non pas au marché, mais dehors, à l'air libre, libre, libre. Et elle les trouva, au plus profond du plus profond feuillage et près, tout près d'un terrain de jeux forestier pour enfants. Et elle en trouva toute une brassée, géants et nains et de taille normale, si vite qu'elle n'eut pas même le temps de s'étonner. Les bras pleins, elle ne dit sur le moment que :

»Nein, die riechen ganz und gar nicht nach frischem Mehl, nach jungen Aprikosen, nach Anis, nach Nüssen oder nach sonstwas. Die Kerle riechen unvergleichlich. Oder sie riechen höchstens wie der Wald. Wie der Wald im Wald.«

So brach Lucie auf in die Hauptstadt, hinab durch den stillen Vorort und weiter hinab durch andere, schon lautere Vororte. Die Wintermorgensonne schien. Aber es hätte auch die Herbstabendsonne oder die Mitternachtssonne sein können. Als einziger begegnete ihr zunächst Wladimir, der Nachbarsjunge, ein Frühaufsteher. Lucie schenkte ihm einen Blick, und Wladimir errötete, flammendrot, morgenrot. Oder war es der Widerschein von den rotkappigen Genossen in Lucies Arm?

Der Vater verhaftet? Der Vater im Gefängnis? Im Traum hatte sie das schon oft erlebt. Und jetzt spielte sich das ab in der Wirklichkeit. Der Vater saß in seiner Zelle auf einem typischen Gärtnerstuhl, in der typischen Haltung eines Gärtners, während der Mittagspause oder nach Feierabend. Nur waren diesem Gärtner die Augen verbunden.

Der Weg hinab in die Stadt war gar nicht weit. Und doch, sagt die Geschichte, fühlte Lucie sich wie auf einer Reise — einer Expedition. Und das kam von dem Schock da in ihrem Arm. Schock?

« Non, ils ne sentent pas du tout la farine fraîche, les abricots juste mûrs, l'anis, les noix ou autre chose. Ces bougres-là ont une odeur incomparable. Ou tout au plus sentent-ils la forêt. Comme la forêt dans la forêt. »

C'est ainsi que Lucie se mit en route pour la capitale en bas, à travers les calmes banlieues et plus bas encore, les faubourgs déjà plus bruyants. Le soleil du matin d'hiver brillait. Mais cela aurait tout aussi bien pu être le soleil de soir d'automne ou de minuit. Le seul qu'elle rencontra, ce fut Wladimir, le jeune voisin, un lève-tôt. Lucie lui accorda un regard et Wladimir rougit, devint rouge feu, rouge aurore. Ou était-ce le reflet des chapeaux rouges de ces compères sur le bras de Lucie ?

Le père arrêté ? Le père en prison ? En rêve, elle avait déjà souvent vécu cela. Et voici que cela se déroulait dans la réalité. Le père était assis dans sa cellule sur une typique chaise de jardinier, dans l'attitude typique d'un jardinier pendant la pause de midi ou après le travail. Sauf que les yeux de ce jardinier étaient bandés.

Le chemin pour descendre en ville n'était pas long du tout et pourtant Lucie se sentait comme en voyage — en expédition. Et cela venait de toute cette charge qu'elle portait dans ses bras. Une grosse ?

Ja, so wie man auch von einem »Schock Eiern« redete. Und sie trug die Dinger tatsächlich bergab wie ein Schock der zerbrechlichsten Eier. In den Wäldern oben war das Unterwegssein noch einfacher gewesen. Würde eines von denen ihr da aus dem Arm gleiten, so fiele es weich, insbesondere in den laubgepolsterten Hohlwegen, und bliebe wohl heil. Hier unten auf den Asphaltstraßen aber... Oben in den Vorstädten war das Transportieren fast noch ein Kinderspiel: wie üblich gab es auf den Gehsteigen kaum Passanten, und die wenigen sah man von weitem und konnte ihnen gut ausweichen. Hier unten in der Metropole aber... Und es hing alles, alles davon ab, daß Lucie ihre hochzerbrechliche Ladung — zerbrechlich auch noch deshalb, weil einige aus dem Schock hart gefroren, zum Zerspringen gefroren waren — heil und unverdorben dort an das Ziel brachte.

Im Grunde hatte die Expedition schon begonnen im Augenblick des Findens. Da, zu Lucies Füßen, standen dunkel die Waldbodenwichte, und dort, tief hinten unten, durch alle die entlaubten Bäume aber klar sichtbar, standen die Wolkenkratzer in dem weißleuchtenden Häuserozean. So etwas hatte die Welt noch nie gesehen. Also? Expedition. Weltreise!

Die längste Zeit war Lucie mit ihrer Last ausschließlich zu Fuß unterwegs.

Oui, une grosse, comme on le dit aussi de «douze douzaines d'œufs». Et ces trucs, elle les portait comme si c'était des œufs, et des plus fragiles. Dans les forêts, en haut, il avait été plus aisé encore de faire route. S'il y en avait eu un qui lui avait glissé des bras, il serait tombé mollement, surtout dans les chemins creux, tapissés de feuillage, et serait resté intact. Mais ici en bas sur l'asphalte… En haut, dans les banlieues, le transport avait presque été un jeu d'enfant : comme d'habitude, il n'y avait presque personne sur les trottoirs et les rares passants qui arrivaient, on les voyait de loin et on pouvait bien les éviter. Mais ici, en bas, dans la métropole… Et tout, tout dépendait de ce que Lucie apporte sa charge, intacte et fraîche, hautement fragile — fragile aussi parce qu'il y en avait déjà de gelés, gelés à casser —, jusqu'au but là-bas.

Au fond, l'expédition avait déjà commencé, à l'instant des trouvailles. Là, aux pieds de Lucie, il y avait les lutins du sol de forêt et là-bas, loin en bas derrière, visibles à travers les arbres dénudés, les gratte-ciel dans la lumière blanche de l'océan de maisons. Le monde n'avait jamais vu chose pareille. Alors? Expédition, voyage autour du monde?

Lucie avec sa charge avait surtout fait route à pied.

Ständig wechselte ihr Blick dabei zwischen den entgegenkommenden Passanten und den Gestalten in ihrer Ellbogenbeuge. Anders als die Funde des Vaters zuhause wurden diese da, im Freien, weder schwammig, noch trockneten sie, noch verloren sie ihren ursprünglichen Duft und Glanz. Zwischen den Häusern, im Widerschein der zunehmenden Schaufenster und Autofrontscheiben, leuchteten sie sogar immer stärker. Auch die Halbgefrorenen, als von ihnen allmählich der Waldreif abtaute, färbten sich nicht etwa grauschwarz wie daheim in des Vaters Küche, sondern blühten, laut Geschichte, regelrecht auf. Und die Eigenart aller der Typen da nahm mit Lucies Annäherung an die Hauptstadtmitte eher noch zu. Bei jedem neuen Blick hinab zu dem Schock in ihrem Arm war es ihr, als bekämen die Leutchen mehr und mehr ein Eigenleben. Das eine Mal wirkten sie stolz, das andere Mal jetzt besorgt — besorgt, in dem anschwellenden Getriebe und Geschiebe, um sich selber. »Keine Angst!« sprach Lucie zu ihnen hinunter. »Es passiert euch nichts, Freunde. Und ihr werdet in der Stadt hier noch wunder was erleben!«

Richtig abenteuerlich wurde es, als Lucie mit ihrer Sippschaft im Arm dann die öffentlichen Verkehrsmittel nahm. In den Bussen, wo ihr Platz wie selbstverständlich der für »Erwachsene in Begleitung von Kindern« war, fiel sie noch weniger auf als in der Untergrundbahn. Es herrschte dort Tageslicht.

Son regard avait alterné sans cesse entre les passants qui venaient à sa rencontre et ces silhouettes sur le pli de son coude. À la différence de celles de la maison, trouvées par son père, celles-ci, à l'air libre, ne devenaient pas tremblotantes et ne perdaient ni leur odeur ni leur éclat primitifs. Entre les maisons, dans le reflet des vitrines plus nombreuses et des pare-brise des voitures, elles brillaient même davantage. Même celles, à demi gelées, lorsque le givre de la forêt sur elles se mit à fondre, ne prirent pas une couleur gris-noir, comme à la maison, dans la cuisine du père, mais comme le dit l'histoire, elles se mirent véritablement à éclore. Et le caractère propre à chaque sorte s'accentuait plutôt au fur et à mesure que Lucie approchait du centre de la capitale. Chaque fois qu'elle baissait le regard sur la charge dans ses bras, c'était comme si ces petites personnes-là prenaient une vie indépendante. Tantôt elles avaient l'air fier, tantôt elles semblaient soucieuses — soucieuses d'elles-mêmes au milieu du fouillis. « Rien à craindre, leur dit Lucie d'en haut. Il ne vous arrivera rien, amis. Et ici en ville il va s'en passer, des choses ! »

L'aventure commença quand Lucie, avec sa tribu sur les bras, prit les transports en commun. Dans les bus où sa place était tout naturellement celle des « adultes accompagnés d'enfants », on la remarquait encore moins que dans le métro. Il y faisait jour.

Und wenn die Passagiere überhaupt schauten, so eher hinaus oder auf die Gesichter der Mitfahrer. Fast war die Truppe daran, von diesen Großstadtbewohnern, die kaum von ihr Notiz nahmen, enttäuscht zu sein, und Lucie mit ihr.

Spätestens in der Metro wurde das dann anders. Mit dem künstlichen Licht in den Waggons und der Dunkelheit der Tunnelschächte blickten die Leute weder ins Freie noch einander ins Gesicht. Die meisten schauten schräg zu Boden. Und so sahen nun mehr und mehr, daß das Kind da mit etwas ziemlich Seltsamem auf der Strecke war. Manche schauten zweimal und auch noch ein drittes Mal hin. Sie trauten ihren Augen nicht. Andere wandten sich nach dem ersten großen Blick ab. Sie hielten die Dinger für bloße Attrappen. Wieder andere streckten auf der Stelle die Hände aus, um sie zu berühren, worauf Lucie schleunigst ihren Arm zurückzog: Nicht anfassen!

Fast jeder im Waggon nahm die Völkerschaft wahr. Nicht wenige taten freilich zugleich, als sei nichts, mit einem Lächeln in den Mundwinkeln, das sagte: Ah, geheime Kamera! Mich legt ihr nicht herein! So schlau waren nicht wenige der Hauptstädter, daß sie selbst das Erstaunlichste für gestellt oder inszeniert hielten. Fast niemand dort in der U-Bahn freute sich jedenfalls über den Anblick. Oder doch? Schau nur, wie hier und dort ein Auge blitzt!

Et quand les passagers regardaient, c'était dehors ou bien c'étaient les visages des autres voyageurs. La troupe, Lucie comprise, fut presque déçue de ces habitants de la grande ville qui la remarquaient à peine.

C'est bien plus tard, dans le métro, que les choses changèrent. À la lumière artificielle des wagons et dans l'obscurité des tunnels, les gens ne regardaient ni au loin ni les visages les uns des autres. La plupart regardaient le sol, obliquement. Et ainsi voyaient-ils de plus en plus que l'enfant, là, était en route avec quelque chose d'assez étrange. Certains regardaient à deux reprises et même une troisième fois. Ils n'en croyaient pas leurs yeux. D'autres se détournaient après un premier grand regard. Ils prenaient ces choses-là pour de simples imitations. D'autres, aussitôt, étendaient les mains, sur quoi Lucie retirait son bras, en vitesse : On ne touche pas !

Chacun ou presque dans le wagon remarquait la peuplade. Ils n'étaient pas peu, certes, à faire comme si de rien n'était, avec au coin de la bouche un sourire qui disait : Ah ! caméra cachée ! Moi, vous ne m'aurez pas ! Ils étaient si malins, beaucoup de ces métropolitains, qu'ils prenaient même ce qu'il y avait de plus extraordinaire pour arrangé ou mis en scène. Presque personne en tout cas, là-bas, dans le métro, n'éprouvait de joie à les voir. Ou peut-être si ? Regarde, l'œil qui brille, çà et là.

Aber nach so einem kurzen Aufblitzen wußte jedenfalls kaum einer, was mit seiner Freude anfangen. Oder? Oder doch? Und jedenfalls sagte die ganze Fahrzeit lang, kreuz und quer durch die endlose Stadt, niemand auch nur ein einziges Wort, selbst der und die und die und der nicht, die mit weitoffenen Augen in einem fort auf den farbigen Haufen schauten und darüber das Aussteigen vergaßen.

Am gefährlichsten für ihre zerbrechliche Last waren dann die Momente nach dem Verlassen des Metrowaggons, im Gerempel und Gehetze der Gänge und Rolltreppen zurück zum Tageslicht. Lucie schob sich an den Wänden und Ecken vorbei, um ihre Leute vor dem Zerquetschtwerden zu bewahren. Sie verstand jetzt, daß ihre Mutter auf Macht aus war. Auch sie, Lucie, wollte mächtig sein; wollte diesen blindwütigen Haufen, der ihren Morgenlandschatz bedrohte, in Luft auflösen.

Endlich draußen, auf den geräumigen Gehsteigen der Avenuen und der Prospekte des Zentrums! Ab da gab es mit dem Anliefern kaum mehr Probleme. Aber drängte denn nicht die Zeit? Vielleicht. Nur kam nun Lucie der Vater zwischendurch ganz aus dem Sinn. »Vergiß den Vater zwischendurch!« Wer hatte ihr das eingeflüstert? Ein Wolf, draußen im Wald, bei der Fundstelle.

Mais après un tel éclair, à peine quelqu'un qui sache que faire de cette joie. Ou bien? Ou tout de même? En tout cas toute la durée du parcours, en tous sens, à travers la ville interminable, personne ne dit un seul mot, pas même celui-ci ou celui-là ou celle-ci et celle-là qui, çà et là, gardaient les yeux écarquillés, fixés sur le tas coloré et en oubliaient de descendre.

Le plus dangereux pour sa charge fragile, c'étaient les moments après avoir quitté le wagon de métro, dans la foule et la presse des couloirs et escaliers mécaniques pour retourner à l'air libre. Lucie se glissait le long des couloirs pour protéger son personnel de l'écrasement. Elle se rendait compte maintenant que le but de sa mère, c'était le pouvoir. Elle aussi voulait avoir du pouvoir; voulait faire s'évaporer ces hordes furieuses et aveugles qui mettaient en danger son trésor de paysage matinal.

Enfin dehors, sur les larges trottoirs des avenues et des cours du centre! À partir de là, il n'y eut plus guère de problèmes d'acheminement. Mais le temps ne pressait-il pas? Peut-être. Seulement, à Lucie, son père lui était complètement sorti de l'esprit. «Oublie le père dans l'intervalle!» Qui lui avait soufflé cela? Un loup, dehors dans la forêt, là où elle avait fait ses trouvailles.

Und so setzte Lucie sich zwischendurch auf eine Caféterrasse, ihre Morgengaben ausgebreitet neben dem Trinkbecher. Und hier taten die Zuschauer auch endlich den Mund auf, der und jener zumindest. Man bestaunte. Man freute sich. Man war neidisch. Man erinnerte sich. Man erzählte, von Tisch zu Tisch. Und es war überraschend, wie viel gerade die Hauptstädter über solch einen Gegenstand zu erzählen wußten. Sie wußten über ihn nicht bloß Bescheid, sondern begeisterten sich daran. War das mit dem Unterschied zwischen Hauptstädtern und Landbewohnern demnach ein bloßes Hirngespinst?

Und es war, als hörten die, von denen die Rede war, die Dingsbums, die Figuren, die Gestalten, die Wesen, all den Geschichten über sich gespannt zu. Sie wurden gespannt und gespannter, und es spiegelten sich in ihnen mit der Zeit die Vorbeigehenden, die Reklamebilder, die Flugzeuge hoch im Himmel. Am Nachbartisch hörte ein Paar, das sich gerade in den Haaren lag, über diesem Anblick zu streiten auf, fürs erste wenigstens.

»Vergiß den Vater zwischendurch!« Und so ging Lucie mit ihrem Transport dann ins Kino. Die Mannschaft lagerte locker auf dem Sitz neben ihr, und jeder einzelne sah sich den Film so ruhig an, als liefe dergleichen bei ihm im Wald tagaus und tagein. Solche Helden wie die dort auf der Leinwand, die traten bei ihnen genauso auf. Aber einschlafen, das kam nicht in Frage.

Et ainsi Lucie s'assit pendant ce temps à une terrasse de café, ses présents matinaux étalés à côté du gobelet. Et ici les spectateurs ouvrirent enfin la bouche, celui-ci ou celui-là tout au moins. On admira, on fut content. On fut jaloux. On se souvint. On raconta de table en table. Et il était surprenant qu'il y ait justement tant d'habitants de la capitale qui, sur un tel objet, en avaient des choses à raconter. Non seulement ils étaient au courant, mais s'en enthousiasmaient. Et cette différence entre habitants de la capitale et campagnards n'était-elle donc qu'un pur produit de l'imagination?

Et on eût cru que ce dont il était question, les trucs-machins, les figures, les formes, ces choses-là écoutaient avec attention toutes ces histoires sur eux. Ils écoutaient, de plus en plus attentifs, et à force les passants, les images publicitaires, les avions, haut dans le ciel, se mirent à se refléter en eux. À la table voisine, un couple qui se crêpait le chignon arrêta à cette vue de se quereller, du moins pour un instant.

«Oublie le père entre-temps!» Et Lucie alla au cinéma avec son chargement. L'équipage était installé, à l'aise, sur le siège à côté d'elle et chacun regardait tranquillement le film, comme si, chez lui en forêt, on vous servait cela, à toute heure du jour. Des personnages, comme ceux, là-bas, sur l'écran, se produisaient de la même façon chez eux. Mais s'endormir, il n'en était pas question.

Sie blieben allesamt spitz- oder eher rundwach bis ans Ende.

In der Schlußszene des Films trat Lucies Mutter auf, in ihrem bodenlangen, mitternachtsblauen Kleid. Und da erst fiel ihr wieder der Vater in seiner Zelle ein. Schnell zum Gefängnis! Sie leckte mit ihrer Zunge, die ihr dabei seltsam lang vorkam (als sei es gar nicht ihre eigene), an einem aus ihrem Gefolge. Wer hatte ihr das gewiesen? Wieder der Wolf. Jedenfalls stand sie fast im nächsten Augenblick schon vor dem Einlaßtor. Was konnte doch zuzeiten für eine Macht in einem sein, wunderbare Macht.

Die Wärter verweigerten ihr zunächst den Zutritt. Dann aber bemerkte einer von ihnen ihre Begleiter. Und noch nie hatten eine Miene und ein Tonfall sich so rasch verändert. Ha, sein ganzes Gesicht wurde ein anderes, und seine ganze Stimme wurde eine andere. Und eben das geschah dann auch mit seinen Mitwärtern. Ich, du, er, sie, es, wir, ihr, sie hatten einmal, vor sehr langer Zeit, mit diesen Sachen oder Wesen zu tun gehabt, es nur vergessen. Und jetzt fiel es uns, euch, ihnen wieder ein. Ah, damals im Wald, an der großen Lichtung, mit dem Großvater, der Schwester, den Brüdern! Alle dort an der Sperre redeten aufgeregt durcheinander. Es gab nur noch einen Gesprächsstoff. Endlich ein gemeinsames Thema. Und eines, über das sie sich aufregten, nicht, weil sie über es stritten, sondern weil sie über es einig waren!

Tout en pointe, tout ronds plutôt, ils restèrent éveillés jusqu'à la fin.

À la dernière scène du film, la mère de Lucie fit son apparition, dans sa robe bleu nuit qui allait jusqu'au sol. C'est alors seulement que son père en cellule lui revint. Vite à la prison ! Elle en lécha un de ceux de sa suite de la langue qui lui parut étrange (comme si ce n'était pas la sienne). Qui lui avait indiqué cela ? Encore le loup. Toujours est-il que, l'instant d'après, elle était déjà à l'entrée. Ce pouvoir qu'il pouvait y avoir par instants en quelqu'un, magnifique pouvoir.

Les gardiens lui refusèrent d'abord l'entrée. Puis l'un d'entre eux remarqua ses compagnons. Et jamais mine ou timbre de voix n'avaient changé aussi rapidement. Eh ! tout son visage devint un autre visage et toute sa voix devint une autre voix. Et il en fut de même pour les autres gardiens. Moi, toi, lui, elle, nous, vous, eux avaient eu affaire à ces choses ou êtres, mais l'avaient simplement oublié. Et maintenant cela nous — leur — revenait à l'esprit. Ah ! en ce temps-là, dans la forêt, à la grande clairière, avec le grand-père, la sœur, les frères ! Tous là-bas, à la barrière, parlaient avec excitation, tous à la fois. Il n'y avait plus qu'un seul sujet de conversation. Enfin, un thème commun ; et un thème sur lequel ils s'excitaient non parce qu'ils se disputaient, mais parce qu'ils étaient d'accord !

Einig im Handumdrehen auch mit den zufällig Vorbeikommenden (seltsam, wie viele doch an dem Gefängnis »zufällig vorbeikamen«), die anhielten, Fußgänger, Autofahrer, LKW-Fahrer. Wenn sie sämtlich so laut wurden, dann nicht, weil sie stritten, sondern weil sie einig waren.

Selbstverständlich kam Lucie nun durch die Schranken. Sie bückte sich, war durch und im Hof. Auch andere durften auf diese Weise hinein, zum Beispiel die Angehörigen der Mitflüchtlinge, die als Komplizen der angeblichen Verschwörung des Vaters ebenfalls in der Todeszelle saßen.

Eigenartiger Gefängnishof mit einer Art Weiher oder gar See in der Mitte und einem Bambuswäldchen am Ufer, wo die graublauen Wildtauben aufflogen mit einem Knattern wie von aufziehbaren Spielzeugvögeln! Doch Lucie wunderte sich inzwischen längst über gar nichts mehr. Das alles gab es, und es gab solche Tage.

Als sie gefragt wurde, zu wem sie in der Sache ihres Vaters wolle, sagte sie : »Zum König!« und zeigte zugleich ihre Mitbringsel vor. Darauf wurde ihr eine Art Brotkorb gereicht, in den sie ihre Leute feinsäuberlich einordnete. Sie hatte jetzt beide Arme frei, und so wurde sie zu dem König geführt.

Es saß da auf einer Art Thron ein Mann mit einer Art Krone, einem Szepter und einem Brokat- oder Fellmantel. Aber das war der falsche König. Lucie hatte das sofort durchschaut.

D'accord, en un tournemain, même avec qui passait par hasard (étrange, tous ces gens qui « passaient par hasard » devant la prison), qui s'arrêtait, piéton, automobiliste, camionneur. Et ils faisaient tant de bruit non parce qu'ils se disputaient, mais parce qu'ils étaient d'accord.

Bien entendu, Lucie passa alors la barrière. Elle se baissa, traversa et arriva dans la cour. D'autres aussi purent entrer de cette façon, par exemple les proches des cofugitifs, qui étaient, en tant que complices de la prétendue conjuration du père, eux aussi dans le quartier des condamnés à mort.

Étrange cour de prison, avec une sorte d'étang, de lac même au milieu et un petit bois de bambous sur la rive d'où les pigeons sauvages s'envolaient avec un crépitement comme des oiseaux en jouets qu'on remonte ! Mais Lucie, depuis longtemps, ne s'étonnait plus de rien. Tout cela existait, il y avait des jours comme ça.

Lorsqu'on lui demanda qui elle voulait voir pour ce qui était de l'affaire de son père, elle dit : « Le roi ! » et en même temps elle montra ce qu'elle avait apporté. Là-dessus, on lui tendit une sorte de corbeille à pain dans laquelle elle disposa bien soigneusement ses gens. Elle avait maintenant les deux mains libres et on la conduisit auprès du roi.

Était assis là, sur une sorte de trône, un homme avec une espèce de couronne, un sceptre et un manteau de brocart ou de peau. Mais c'était le faux roi ; Lucie l'avait tout de suite percé à jour.

Und so bekam sie gleich nebenan den wahren König zu Gesicht. Der trug einen Straßenanzug, an dem ein Knopf fehlte. Und er residierte in einem Keller. Doch was für ein Keller war das. Wenn es in der Welt je so etwas wie »Gemächer« gegeben hatte, dann waren das die dort tief im Untergrund, ausgeleuchtet von einem Himmel von Kronleuchtern, welche, Gipfel der Vornehmheit, unsichtbar blieben. Was es nicht alles gab!

Der echte König freute sich über sein ganzes Königsgesicht — eben königlich —, sowie er des Schatzes im Brotkorb ansichtig wurde. (In dem Kronleuchterlicht erschien dieser auch an seinem goldrichtigen Platz.) »Meine Leib- und Lebensspeise!« rief er aus. Was, die Dingsbums da sollten die Leibspeise eines Königs sein? Ja, klar doch, die Dingsda waren seit unvordenklichen Zeiten das Lieblingsgericht der wahren Könige. Den falschen König hatte Lucie auch daran erkannt, daß er bei dem Anblick ihrer Garde das Gesicht verzog. Der wahre König dagegen verfaßte davor — noch so ein Zeichen echten Königtums — aus dem Stegreif ein ziemlich chinesisches Gedicht:

Meine Stimme
wird zum Wind
im Walde
beim Leibspeise-Jagen.

Et comme cela, elle se trouva tout de suite, face à face, avec le vrai roi. Celui-ci portait un costume de ville auquel il manquait un bouton. Et il résidait dans une cave. Mais quelle cave! S'il y avait eu au monde quelque chose comme des «appartements», c'était alors ceux-ci, en sous-sol, éclairés par un ciel de lustres, lesquels, sommet de la distinction, restaient invisibles. Il en existait de ces choses.

Toute la figure royale du vrai roi s'illumina de joie — royalement — dès qu'il vit le trésor dans la corbeille à pain (à la lumière des lustres celui-ci parut à sa place, sa vraie de vraie). «Mon plat préféré, le plat de ma vie!» s'écria-t-il, ces trucs-machins seraient donc le plat préféré d'un roi? Oui, bien sûr, les trucs-machins étaient depuis des temps immémoriaux la nourriture préférée des vrais rois. Le faux roi, Lucie l'avait reconnu à la grimace qu'il avait faite à la vue de sa garde. Le vrai roi, en revanche, en fit — encore un de ces signes de vraie royauté — sur-le-champ un poème passablement chinois.

> *Ma voix*
> *devient du vent*
> *dans la forêt*
> *à la chasse au mets préféré.*

Die eigentliche Geschichte, oder der Kern der Geschichte sowie ihr Ausgang, erzählt sich, wie alle eigentlichen Geschichten, kurz : Der König staunte, und machte dann staunen, wie es sich für solch einen König gehört. Nachdem er den Korb in Empfang genommen hatte, erklärte er erst einmal die Mutter, die in ihrem mitternachtsblauen Kleid unversehens mit in dem Kreis stand, zur »Königin für einen Tag«, womit der Ehrgeiz der Mutter, Politikerin zu werden, auf ganz unverhoffte Weise seine Erfüllung fand. Und dann begnadigte er den Vater, und mit ihm auch die Mitflüchtlinge, und ordnete die sofortige Freilassung aller aus der Todeszelle an. Nein, es war keine Begnadigung, sondern eine regelrechte Aufhebung und Nichtigerklärung des Urteils : Die Dinger da in dem Korb waren ein Unschuldsbeweis wenn nur je einer. Diese Dinger, das waren die geraden Gegenstücke zu Granaten oder sonst etwas ! Und da stand der Vater schon vor Lucie und seiner Königin für einen Tag, mit unverbundenen Augen und im Ausgehanzug. Und die Rettung durch sein Kind war ihm ganz selbstverständlich.

Zugleich wurde überhaupt die Todesstrafe abgeschafft, mit sofortiger Wirkung, für sämtliche Länder dieser Erde. Und zuguterletzt stellte der König Vater, Mutter und Tochter für die Heimfahrt noch ein spezielles Boot zur Verfügung. Dieses fuhr sowohl zu Wasser wie auch zu Land. Es fuhr sogar bergauf. Es kam, wie es kommen soll !

La véritable histoire, ou le nœud de l'histoire aussi bien que son issue, comme toutes les véritables histoires, est courte à raconter : le roi s'en ébahit et fit s'ébahir, comme il sied à un tel roi. Après avoir reçu la corbeille, il proclama d'abord « reine d'un jour » la mère qui avait, inopinément, fait son apparition dans le cercle, dans sa robe bleu nuit, par quoi l'ambition de la mère de faire de la politique trouva de façon inespérée son accomplissement. Et puis il gracia le père et avec lui ses cofugitifs, et il ordonna qu'on les libère aussitôt du quartier des condamnés à mort. Non, ce n'était pas une grâce, mais une relaxe et une annulation en règle du verdict : ces trucs-là, dans la corbeille, une preuve d'innocence, s'il en est. Ces trucs-là, c'était juste le contraire de grenades ou de choses comme ça. Et déjà le père se tenait devant Lucie et sa reine d'un jour, sans avoir les yeux bandés et en costume de ville. Et que son enfant l'ait sauvé lui sembla tout à fait naturel.

En même temps, la peine de mort fut universellement abolie, avec effet immédiat, pour l'ensemble des pays de la terre. Et au bout du compte, le roi mit encore un canot spécial pour le retour à la disposition du père, de la mère et de la fille. Celui-ci allait aussi bien sur terre que dans l'eau. Il montait même la pente. Tout fut comme cela doit être.

Auf diese Weise erlebte Lucie dann endlich einmal das offene Meer. Das Boot hieß »Delphin«. Bei gutem Wind tauchte es durch die Bucht und nahm zuletzt in hohem Bogen Kurs auf die Vorstadt. (Diese hieß übrigens INTSCHADIA.) Die Nacht war hell. Keiner der drei in dem Boot sprach ein Wort. Lucie, die übrigens eine Leserin war und für ihr Leben gern Bücher las, hatte einmal in so einem Buch von einer ähnlichen kleinen Gesellschaft gelesen : »Das Schweigen versprach sich selber das Schweigen und zeigte sich voller Liebe.« Sie begriff davon nichts und begriff doch alles. Und sie dachte an den König. Sie hatte ihn noch nie gesehen, und doch kannte sie ihn. Ebenso hatte sie das Königsschloß noch nie gesehen. Und doch hatte sie schon darin gewohnt, in allen Gemächern.

Intschadia und das Haus lagen unverändert am Wald. Lucie, die Mutter und der Vater saßen auf ihrer Waldwärtsveranda beim Frühstück, das auch ein Vesperbrot oder ein frühes Abendessen sein konnte. Garten und Wald waren voll von Möwen, weiß, gischtweiß. Die Mutter hatte schon einen Teil ihrer Polizeichef-Uniform an, die Pistolentasche hinten umgeschnallt.

Endlich machte der Vater dann den Mund auf. Er sagte : »Nichts mehr suchen. Im Garten bleiben. In den Wald gehen nur noch mit nichts zu suchen im Sinn.«

De cette façon Lucie vit enfin la haute mer. Le canot s'appelait *Dauphin*. Par bon vent, il plongea à travers la baie et en une grande boucle fit route vers la ville de banlieue. (Elle s'appelait d'ailleurs INTSCHADIA.) La nuit était claire. Aucun des trois dans le canot ne dit mot. Lucie, qui était une liseuse et aimait par-dessus tout lire des livres, avait lu dans un de ces livres quelque chose à propos d'une petite société toute pareille : « Le silence se promit à lui-même le silence et se révéla plein d'amour. » Elle ne comprit rien, et comprit tout cependant. Et elle pensa au roi. Elle ne l'avait encore jamais vu, et pourtant elle le connaissait. De même elle n'avait jamais vu le palais du roi. Et pourtant elle y avait déjà habité, dans toutes les pièces.

En bord de forêt, Intschadia et la maison étaient inchangés. Lucie, la mère et le père étaient dans leur véranda qui donnait sur la forêt en train de prendre leur petit déjeuner, cela aurait tout aussi bien pu être une collation ou un dîner, tôt. Jardin et forêt étaient pleins de mouettes blanches, blanc écume. La mère était déjà à demi en uniforme de chef de police, l'étui du pistolet derrière déjà attaché.

Enfin le père ouvrit la bouche. Il dit : « Ne plus rien chercher. Rester dans le jardin. Aller dans la forêt avec à l'esprit seulement ne rien chercher. »

So kurze Sätze hatte Lucie von dem Vater noch keinmal vernommen, unglaubhaft kurze Sätze!

Und wieder schwieg die ganze Familie, lange, lange. Dann wiederum der Vater, an die Mutter gerichtet: »Liebe, reich mir den Sankt-Georgs-Ritterling — ich meine, das Salz — und dort den Juanito de San Juán und den Boletus edulis — will sagen, das Olivenöl und die Kapern. — Ein Licht ist das heute draußen im Wald, wie auf der Haut eines frisch aus der Erde getretenen Apfeltäublings! Warum macht ihr zwei denn ein Gesicht, als hättet ihr gerade in einen Gallenröhrling gebissen? — Wie geht es dir, meine Krause Glucke, mein Eichhase, meine Petschurka, mein Hallimasch, mein Amethystling, meine Goldstielige Cantarella, mein Maronenröhrling, meine Rotkappe?«

»Ich heiße Lucie, lieber Vater«, wollte sie sagen. Aber sie schwieg. Alle drei schwiegen. Und schwieg dort im Nachbargarten nicht noch ein Vierter mit? Aus den Wäldern kam ein Spätherbst- oder Vorfrühlingssausen. Die Mutter wirkte von allen am stummsten. Und zugleich sang sie, sang und sang. Gab es das? Ja, das gab es.

Des phrases aussi courtes, Lucie n'en avait jamais entendu venir du père, des phrases courtes à ne pas y croire !

Et de nouveau toute la famille se tut longtemps, longtemps. Puis le père tourné vers la mère : « Chère, passe-moi le chevalier-de-saint-georges — je veux dire le sel — et là le Juanito de San Juan et le boletus edulis — je veux dire l'huile d'olive et les câpres. Il y a une lumière aujourd'hui dans la forêt, comme sur la peau d'un bolet bai brun que du pied on vient de faire sortir de terre ! Pourquoi, toutes les deux, faites-vous une tête comme si vous aviez mordu dans un bolet amer ? Comment vas-tu, ma sparasis crispa, mon polypore en ombelle, ma petschurka, ma pivoulade, ma golmotte, ma cantarelle à pied doré, mon cèpe tomenteux, mon cèpe rude ? »

« Je m'appelle Lucie, cher père », voulut-elle dire. Mais elle se tut. Tous trois se turent. Et là-bas dans le jardin voisin un quatrième ne se taisait-il pas ? Une rumeur de fin d'automne ou d'avant-printemps venait des forêts. Parmi eux tous, sa mère semblait la plus silencieuse. Et en même temps elle chantait, chantait et chantait. Des choses comme ça ? Oui ça existait, il y avait des choses comme ça.

Dann endlich sprach Lucie. Sie sagte einen sehr langen Satz, einen Satz so lang, daß er auf einem anderen Blatt, in einem anderen Buch, in einem Buch für sich allein stehen müßte. Hier nur seine Kürzestfassung : »Die Mutter, während sie aus dem Haus geht, bleibt hier in dem Vater, der, indem er allein durch Garten und Wälder streunt, bei der Mutter und bei mir, Lucie, bleibt, die seit heute nacht aber mindestens zwei Mütter und zwei Väter hat, wobei die eine der beiden Mütter hier vor mir am Tisch sitzt, auf dem Sprung in die Polizeidirektion der Nachbarstadt, und die andere weiterhin unten in der Hauptstadt die Königin für einen Tag ist, wozu der erste meiner mindestens zwei Väter springlebendig und froh über nichts und wieder nichts hier im Haus aus dem Fenster schaut, während mein anderer Vater weiterhin unten in der Hauptstadt in der Hinrichtungszelle sitzt und die tödlichen Giftspritzen schon gefüllt, überprüft und einstichbereit sind.«

Ihr Vater, der Zitterer? Nein, am Ende der Geschichte war es Lucie, das Kind mit den Kaleidoskopaugen, das ins Zittern kam. Sie zitterte.

Das letzte Wort freilich hatte wie immer die Mutter. Nur war, was sie diesmal sagte, etwas ganz anderes als das Übliche.

Puis enfin Lucie parla. Elle dit une très longue phrase, une phrase si longue qu'elle devrait se trouver sur une autre feuille, dans un autre livre, dans un livre pour elle toute seule. Voici seulement sa version la plus courte : «La mère, pendant qu'elle sort de la maison, reste ici dans le père, lequel, pendant qu'il rôde seul à travers jardin et forêts, reste auprès de la mère et de moi, Lucie, qui depuis cette nuit ai au moins deux mères et deux pères et l'une des mères est assise ici, devant moi à la table, sur le point de faire un saut à la direction de la police de la ville voisine, et l'autre là en bas, dans la capitale, continue à être reine d'un jour, pendant qu'au moins le premier de mes deux pères bondissant de vie et heureux de tout et de rien regarde, par la fenêtre, ici à la maison, pendant que mon autre père est encore assis en bas dans la capitale dans la cellule d'exécution et que les seringues mortelles sont déjà pleines, vérifiées et prêtes à piquer.»

Son père le trembleur ? À la fin de l'histoire ce fut Lucie l'enfant avec les yeux de kaléidoscope qui se mit à trembler. Elle tremblait.

C'est la mère qui comme toujours eut le dernier mot. Sauf que ce qu'elle dit cette fois était tout à fait autre chose que d'habitude.

Sie stand schon in der Haustür, gestiefelt, gegürtet und bemantelt. Und plötzlich sagte sie: »Man weiß nie.« Doch was die Mutter dann noch sagte, kam das nicht von ihnen dreien, oder vieren?, gemeinsam, fast einstimmig?: »Noch nicht... und noch immer nicht... und auch jetzt noch nicht... aber: Jetzt! Schnee! Es schneit.«

Das ganzletzte Wort freilich kam aus dem Nachbargarten, von Wladimir, dem Jungen aus dem baumlosesten Hohen Atlas in Nordafrika, und es war arabisch und lautete: »Labbayka!«, das heißt: Ich bin hier!

Und im folgenden Sommer saß Lucie auf einer Waldlichtung im Gras und las diese ihre Geschichte.

Dezember/Januar 1998/1999

Elle était déjà à la porte de la maison, bottée, ceinturée et en manteau. Et tout à coup elle dit : «On ne sait jamais.» Pourtant ce que la mère dit encore, cela ne vint-il pas d'eux trois ou quatre, en commun, presque d'une seule voix ? «Pas encore... et toujours pas... et pas maintenant non plus... mais : maintenant ! Neige, il neige.»

Le tout dernier mot vint, il est vrai, du jardin voisin, de Wladimir, le garçon venu du Haut-Atlas, le plus dépourvu d'arbres, et c'était de l'arabe et se disait *Labbayka !*, ce qui signifie : Je suis là !

Et l'été suivant Lucie, assise dans une clairière sur l'herbe, lisait son histoire que voici.

Décembre-janvier 1998-1999

Impression Bussière
à Saint-Amand (Cher), le 6 mai 2002.
Dépôt légal : mai 2002.
Numéro d'imprimeur : 22567.

ISBN 2-07-041600-3./Imprimé en France.

97322